Elie Berthet

Pächter Reber oder der Wirbelsee

Erster Teil

Elie Berthet

Pächter Reber oder der Wirbelsee
Erster Teil

ISBN/EAN: 9783743369375

Hergestellt in Europa, USA, Kanada, Australien, Japan

Cover: Foto ©Andreas Hilbeck / pixelio.de

Manufactured and distributed by brebook publishing software (www.brebook.com)

Elie Berthet

Pächter Reber oder der Wirbelsee

er Reber

Pest, Wien und Leipzig

Erstes Capitel.

Der arme Schmidt.

An dem östlichen Abhange der Vogesen, an der Grenze zwischen Lothringen und dem Elsaß, findet der Reisende ein frisches, lachendes Thal, welches das Joch-thal genannt wird, weil eine Art natürlichen Felsthores auf der Seite der Ebene den Eingang deßselben bildet. Es wird von mehreren Bergriesen eingeschlossen, und die letzten und entferntesten dieser Berge werden ihrer runden Gestalt wegen die Ballons genannt. Alle sind bis zum Gipfel mit Wäldern und Weideplätzen bedeckt, deren dunkles Grün gegen die lebhaftere Farbe der bebauten Felder absticht. Die Höhen haben ein strenges, ödes Ansehen; kaum findet man, weit von einander entfernt, vereinzelte Sennhüten; selbst diese verschwinden oft hinter den Wolkenstreifen, welche an den Abhängen der Hauptebene langsam hinzie-hen. Die Wohnungen scheinen eine Zusammenkunft in der Mitte des Thales verabredet zu haben; sauber und freund-lich umgeben sie eine kleine Kirche, deren spitzer Glocken-thurm mit dem Finger gen Himmel deutet, wie ein deutscher Dichter sagt, und sie bilden einen hübschen Fle-cken, welchen ein Bach, der von den Bergen herabkommt, beständig reinigt und erfrischt. Nachdem dieser Bach, sich anmuthig schlängelnd, die Wiesen befruchtet, den Hanf geröstet, das Vieh getränkt, die Räder einer Mühle gedreht, den Blick entzückt hat, verliert er sich in einen der Zuflüsse des Rheines. Eine wohlunterhaltene und mit Pappeln bepflanzte Straße durchzieht das Thal von einem Ende zum andern; aber breit und gerade, wo sie das Felsthor erreicht, wird sie schmal und gewunden, indem sie sich den Bergen nähert, und verschwindet endlich ganz. Rechts und links vor dem Flecken erstreckt sich ein Wald von Eichen und Buchen, in dessen Mitte sich der Bach verliert, den man noch murmeln hört, obgleich man ihn nicht mehr sehen kann. — An einem Frühlingsmorgen, bei ruhigem Wetter, aber umwölktem Himmel, trat ein junger Mann dieser Gegend aus dem erwähnten Walde und setzte sich am Rande der Straße nieder, einige hundert Schritte von dem Felsenjoche entfernt, welches dem Thale und dem Flecken seinen Namen gibt. Der junge Mann hatte ein sanftes, geistreiches Gesicht und war ärmlich gekleidet; indeß verrieth sein Aeußeres einen etwas höheren Stand als den eines einfachen Bauern. Sein olivengrüner Ueberrock zeigte, seines Alters ungeachtet, einen eleganten Schnitt und eine kleine Mütze von verblichenem Sammt erinnerte an die Käppchen der deutschen Studenten. Leider entsprach die übrige Kleidung nicht diesen Erinnerungen an einen bürgerlichen Anzug; sie bestand aus groben Pantalons von Leinwand und sehr abgetragenen Schuhen, welche seine Füße nur schlecht gegen den Morgenthau geschützt hatten. Dafür war aber Alles von der sorgfältigsten Reinlichkeit. Offenbar mußte dieser arme Teufel Wunder der Aufmerksamkeit und der Sparsamkeit vollbringen, um dieser Kleidung, die ihm schon seit zu langer Zeit diente, wenigstens einen Schein der Anstän-

digkeit zu bewahren. Er hatte neben sich ein zusammenge-
knüpftes Taschentuch gelegt, welches ziemlich umfangreiche
Gegenstände enthielt, und durch die Schlitze des Tuches
konnte man Mörcheln erblicken, Pilze, welche im Monate
Mai sehr zahlreich in den benachbarten Wäldern wuchsen.
Der Unbekannte war ohne Zweifel sehr früh aufgestanden,
zum diese reichliche Ernte zu halten; er schien daher auch
sehr ermüdet zu sein, und hatte sich, wie durch Anstrengung
erschöpft, auf den Rasen niedergleiten lassen. Diese Er-
schöpfung währte indeß nicht lange; es schien, als wären
Unthätigkeit und unbedingte Ruhe dieser kräftigen Natur
widerstrebend. Nachdem er einige Minuten Athem geschöpft
und dann einen Blick auf die Straße gerichtet hatte, welche
menschenleer war, so weit das Auge reichte, zog er aus
der Tasche mehrere jener Messer, die bei den Hirten des
Schwarzwaldes im Gebrauche sind, und deren sie sich bedienen, um jene kleinen Thiere zu schnitzen, die bei den Kindern so beliebt sind; dann nahm er ein Stück gesundes
und sehr weiches Fichtenholz und begann es mit beson-
derer Sorgfalt zu schnitzen. Nach einigen Minuten war er
ganz in seine Arbeit vertieft und hatte alles Uebrige vergessen. Während der bescheidene Künstler seine Finger übt,
wollen wir mit wenigen Worten seine Geschichte erzählen.
Prosper Schmidt (er hieß Prosper, ohne Zweifel aus
Hohn des Schicksals) war eines jener Geschöpfe, die zum
Unglück bestimmt sind und denen nichts gelingt, was sie
auch beginnen mögen. Eine gute Aufführung, Thätigkeit,
Muth, nichts hatte das unerbittliche Verhängniß zu ent-
waffnen vermocht, welches ihn zu verfolgen schien. Seine
Leiden hatten schon früh begonnen; mit dem Alter von

sechs Jahren verwaiset, war er von seinem Onkel, dem
Pfarrer im Jochthale, angenommen worden. Die Zeit,
welche Schmidt bei diesem Onkel zugebracht hatte, war die
beste seines Lebens gewesen. Der Pfarrer, ein wohlwollen=
der und mildthätiger Mann, hatte ihn mit großer Sanft=
muth behandelt und ihn unterrichtet, um ihn später dem
geistlichen Stande zu widmen. Dieser Plan konnte nicht
verwirklicht werden. Schmidt war erst dreizehn Jahre alt
und seine Erziehung noch lange nicht vollendet, als der
gute alte Pastor plötzlich starb und Schmidt ohne Ver=
mögen, wie ohne Hilfsquellen zurückließ. Was konnte ein
dreizehnjähriger Knabe anfangen? Schmidt besaß alle Ele=
mentarkenntnisse, er verstand sogar ein wenig Latein und
Englisch. Aber wozu konnte ihm das bei der dringendsten
Noth helfen? Indeß überließ er sich nicht der Verzweiflung;
im Voraus auf die fürchterliche Möglichkeit gefaßt, die ihn
niederbeugte, nahm er sein Unglück mit Ergebung und
Festigkeit hin und beschloß, seiner großen Jugend ungeach=
tet, sich selbst genug zu sein. Die Aufgabe war schwierig,
vielleicht unmöglich; Schmidt stählte sich gegen die Schwie=
rigkeiten. Er machte den Anfang damit, den Kindern des
Fleckens und der benachbarten Dörfer Unterricht im Lesen
und Schreiben zu geben; man bezahlte ihm sein Honorar
in Stücken Brod, Speck und alten Sachen, und sehr selten
auch in einem kleinen Geldstücke. Er machte oft bei Schnee
oder Regen mehrere Stunden Weges, um in irgend einer
entfernten Sennhütte Unterricht zu ertheilen. Das war eine
harte Existenz und sie würde jeden Anderen als den uner=
schrockenen Schmidt abgeschreckt haben. Gleichwohl war
sein Gewinn als Lehrer zuweilen unzureichend und er

glaubte der freien, aber viel zu unsichern Kunst irgend ein Handwerk hinzufügen zu müssen. Ein Holzschuhmacher, dessen Kinder er unterrichtete, willigte ein, ihn unentgelt= lich die Arbeit zu lehren.

So handhabte der Neffe des Pfarrers die Axt, den Höhlmeißel und den Zwickbohrer, um für die Bergbewoh= ner Fußbekleidungen anzufertigen. Er verwendete einen solchen Eifer auf das Geschäft, daß die Kunst des Holzschuh= machers nach zweimonatlicher Lehrzeit kein Geheimniß mehr für ihn hatte; ja, was noch mehr ist, er erwarb dabei eine staunenerregende Geschicklichkeit, das Holz zu bearbeiten; er schnitzte mit seinem Messer die Figuren von Menschen und Thieren und die Correctheit der Zeichnung, die Feinheit der Ausführung wären einer ernsten Aufmerksamkeit wür= dig gewesen. — Schmidt hätte mit seinen zahlreichen Beschäftigungen, und, wie man zu sagen pflegt, mit allen Saiten an seinem Bogen, gegen die Noth geschützt sein müssen. Wenn es in der Primärschule an Schülern fehlte, konnte er Holzschuhe machen und in Ermangelung der Holzschuhe Schachteln voll jenes Spielzeugs schnitzen, das Nürnberg in die ganze Welt versendet. Ueberdies war sein Leben nicht luxuriös und seine Kost sehr frugal. — Alles dessen ungeachtet mußte er indeß noch harte Zeiten überstehen; die Schüler wurden im Sommer selten, wenn die Aeltern ihrer bei der Feldarbeit bedurften; es fehlte in den Vogesen nicht an Holzschuhmachern und oft häuften sich die Holzschuhe an; der Gewinn endlich, welchen die Anfertigung des Spielzeugs abwirft, ist elend. — Schmidt fand sich daher auch oft in grausame Nothwendigkeiten ver= setzt und es entstanden für seine Mahlzeiten zu lange Pau=

sen. Man wußte das, und nannte ihn daher auch in dem Jochthale nur den armen Schmidt. Gleichwohl hätte Niemand ihm eine Mahlzeit oder ein Stück Geld abgeschlagen; aber er war außerordentlich stolz und unfähig, ein Darlehen anzunehmen, das er nicht zurückerstatten zu können gefürchtet hatte, oder eine Mahlzeit, die er nicht verdient hatte. Seine Hilfsquellen waren in solchen Fällen die wilden Früchte, welche die Wälder hervorbrachten, und so erklärt sich denn seine reiche Morchelernte. Schmidt arbeitete jetzt mit um so größerem Eifer, da er die Gewißheit eines Abendessens hatte. — Das war also der arme Teufel, der am Rande der Straße saß und den der Verlauf dieser Geschichte besser kennen lehren wird. Von der Stelle, an der er sich befand, konnte er den Ton der Glocken des Dorfes hören, den Gesang und das Geräusch von den Schlägern der Wäscherinnen, welche ihre Wäsche auf der entgegengesetzten Seite des Joches wuschen, aber er eilte nicht, den Rasensitz, das Laubdach und die balsamische Luft zu verlassen, durch welche die Natur ihn erquickte. Ueberdies beschäftigte seine Arbeit ihn um so mehr, je sichtlicher das Werk unter seinem Messer eine Form gewann. Von Zeit zu Zeit hielt er es von den Augen entfernt, um besser darüber urtheilen zu können und betrachtete es dann mit Wohlgefallen. Es schien, als böte er alle seine Fähigkeiten, sein ganzes Herz sogar dabei auf, dem Holze eine Gestalt zu verleihen. — In der That beschäftigte der arme Schmidt sich an diesem Tage nicht damit, einen jener phantastischen Löwen, eines jener gewaltigen Schafe oder einen jener Hunde von unmöglicher Race zu machen, welche bunt unter einander in den Schachteln der Spielzeughändler liegen. Es war ein wirkliches Kunstwerk, an dem er arbeitete. Das Stück Holz hatte unmerklich die Gestalt eines reizenden jungen Mädchens mit einem frischen, runden Gesichte, einem wohlgeformten, doch etwas zu stark hervortretenden Busen, mit auf der Stirn in Flechten getheilten Haaren angenommen. Der untere Theil der Statuette, das heißt die kleine Schürze, das leichte Kleid und die feinen Schuhe waren kaum erst angedeutet; aber der Kopf hatte schon seinen ganzen Ausdruck der Heiterkeit, der Lebhaftigkeit und der Schelmerei. Die Aehnlichkeit mußte vollkommen sein, denn gleich dem Bildhauer des Alterthums schien Schmidt bald von Bewunderung und Zärtlichkeit für sein eigenes Werk ergriffen zu werden. Er preßte es krampfhaft an die Lippen und vergoß dann, einem geheimen Gefühle nachgebend, schweigend Thränen.

Nach einer ziemlich großen Pause gelang es ihm indeß, seine Niedergeschlagenheit zu überwinden, und er fuhr in seiner Arbeit fort, als ein Reisender, der die staubige Straße verfolgt hatte, welche zu dem Dorfe des Jochthales führte, plötzlich vor ihm stand und wie zerstreut sagte: »Guten Tag, Schmidt! Guten Tag, mein Junge!«

Der, welcher gesprochen hatte, war ein Mann von ungefähr fünfundvierzig Jahren, kräftig und wohlgebaut. Sein volles, leicht geröthetes Gesicht verrieth Gesundheit, obgleich in diesem Augenblicke ein Ausdruck der Trauer und einige Runzeln heftigen Kummer andeuteten. Er hatte das Aussehen eines Pächters der Nachbarschaft oder eines kleinen, halb bürgerlichen, halb bäurischen Grundbesitzers. Eine weite graue Blouse bedeckte seine Kleider; sein Hut hatte einen Ueberzug von Wachstuch, um den Filz gegen

Staub und Regen zu schützen. Er kam von der Reise, aber seinem Pferde war in einiger Entfernung von dem Dorfe ein Eisen losgegangen und er hatte daher absteigen müssen. Er führte deshalb am Zügel das arme Thier, welches mit einem gewaltigen Mantelsack und einem großen Mantel bepackt, mühsam den Fuß schleppte, indem sein loses Eisen auf dem Pflaster der Straße klappte. — Der Reisende hatte französisch gesprochen, aber mit einem entschieden deutschen Accent. Bei dem Klange dieser bekannten Stimme war Schmidt erbebt und hatte schnell hinter seinem Rücken die unvollendete Statuette versteckt; bald jedoch faßte er sich wieder. Noch ganz roth vor Aufregung stand er auf und sagte, indem er an seine Mütze griff:

»Ach, Herr Reber, so sind Sie also von Ihrer Reise zurück? Fräulein Krettle und Julie werden sehr er=freut sein!«

Der Pächter blieb stehen.

»Erfreut!« wiederholte er voll Bitterkeit. »Bist Du überzeugt, mein armer Schmidt, daß ich ihnen Freude bringe?«

Diese Worte wurden mit so viel Schmerz, selbst mit so viel Verzweiflung ausgesprochen, daß Schmidt darüber lebhafte Besorgniß empfand; aber zu schüchtern, um sie offen zu äußern, fragte er mit gesenkten Augen:

»Ich hoffe indeß, Herr Reber, daß Sie eine gute Reise gemacht haben?«

»Eine gute Reise? Nein!« entgegnete Reber barsch; »im Gegentheil, eine schlechte Reise. Es gibt Zeiten, in denen alle Teufel der Hölle gegen einen Unglücklichen ent=fesselt sind, wo für ihn Alles vom Bösen zum Schlechtern

geht. Zum Beschluß hat mein Pferd auch noch zweihun=
dert Schritt von dem Dorfe sein Eisen verloren und das
ist ein schlechtes Zeichen. Ich weiß, daß meiner zu Haus
nichts Gutes warten kann, aber ich fürchte ein neues Un=
glück, auf das ich nicht gerechnet hatte; — obgleich ich,
fügte er mit noch finstererem Tone hinzu, »auf jedes gefaßt
sein muß.«

Er fuhr fort, indem er sein Pferd an einen Baum
befestigte:

»Höre, ich habe Eile nach Hause zu kommen, um
zu finden, — was ich finden werde. Du, Schmidt, der Du
das Joch nicht verlassen hast, Du wirst mir sagen, was
während der drei oder vier Tage, welche meine Abwesen=
heit gedauert hat, vorgefallen ist; so wirst Du mich auf die
bösen Neuigkeiten vorbereiten. Nun! Sprich doch! Bist Du
stumm geworden?«

Er setzte sich neben den jungen Mann. Dieser beob=
achtete ihn mit dem Ausdrucke achtungsvollen Mitleids.

»Ich glaube, Herr Reber,« antwortete er dann sanft,
»daß Sie Kummer haben. Das thut mir sehr leid, denn
Sie sind ein würdiger Mann und verdienen alles Glück;
ungerechnet auch, daß Ihre reizende Tochter —«

»Aber,« fügte er mit verändertem Tone hinzu, »Sie
haben Unrecht, sich durch den Unfall, der Ihrem Pferde
zugestoßen ist, zu abergläubischen Gedanken fortreißen zu
lassen; nichts Schlimmes ist seit Ihrer Abreise auf dem
Pachthofe vorgefallen, und Sie werden Alles genau in dem
Zustande finden, wie Sie es verlassen haben.«

»Hm! das heißt eben nicht, daß Alles gut geht.
Kannst Du mir Nachrichten von meiner Familie geben?«

„Fräulein Kretse ist noch immer krank," entgegnete Schmidt erröthend, „und Sie wissen besser als ich, daß sie schon seit längerer Zeit ihre Stube nicht verläßt. Ich sah sie einmal flüchtig, als der Wind den Vorhang ihres Fensters bewegte und sie war so blaß, so traurig, ihr Auge so trübe —"

„Es ist gut!" sagte der Pächter mit finsterer Ungeduld. „Wer spricht von der? Weißt Du nichts von meiner theuren Julie und von der Großmama Dietrich, meiner Schwiegermutter?"

Schmidt begriff die Gleichgiltigkeit des Pächters für seine jüngste Tochter nicht; indeß antwortete er mit seiner gewöhnlichen Sanftmuth:

„Fräulein Julie fährt fort die Hauswirthschaft zu führen, wie sie seit der Krankheit ihrer Schwester gethan hat, und sie führt sie als eine tüchtige Hausfrau. Was die Mama Dietrich betrifft, so befindet sie sich gut, die arme Alte; nur scheint es, daß ihr Kopf sich immer mehr und mehr verwirrt. Es ist ein Jammer, Herr Reber, daß der Verstand eben so in Trümmer fallen kann wie der Körper selbst."

„Wem sagst Du das! Aber hat man während meiner Abwesenheit keinen Besuch erhalten?"

Schmidt lächelte melancholisch.

„Ach, Herr Reber, können Sie mich das fragen? Ich gehe selten nach dem Pachthofe, denn ich habe viel Mühe, meinen Lebensunterhalt zu gewinnen und es ziemt sich für mich nicht, Fragen zu stellen, die man unbescheiden finden könnte."

„Ja, aber in der Gegend beschäftigt man sich zu viel

mit meinen Angelegenheiten und Du haft vielleicht fagen
hören — Haft Du zum Beispiel zufällig erfahren, ob der
Jude Nathan während meiner Abwesenheit dagewesen ist?«

»Vorgestern, als ich auf den Pachthof ging, um mich
nach Fräulein Kretle zu erkundigen, sah ich den Juden
Nathan aus dem Hofe kommen, seinen kleinen Grau-
schimmel reitend, und als ich eintrat, waren die schönen
Augen des Fräulein Julie ganz roth.«

»Er ist schon gekommen!« entgegnete Reber wie zu
sich selbst. »Die verabredete Frist läuft gleichwohl erst
heute ab. Aber er hat es ohne Zweifel eilig. Parbleu! Es
wäre ergötzlich, wenn ich ihn auf dem Pachthof fände, um
mich zu empfangen; ich würde darüber von Herzen lachen!«

Und der arme Mensch lachte wirklich, aber auf eine
Weise, die wehe that.

»Was das betrifft, Herr Reber, so ist es nichts damit,« nahm der junge Schulmeister wieder das Wort.
»Nathan macht in der Ebene die Runde und da ich seit mehreren Stunden auf dieser Stelle bin, hätte er nicht vorüber-
kommen können, ohne daß ich ihn gesehen hätte. Sie können
also ganz ruhig sein.

»Ganz ruhig sein!« wiederholte der Pächter, dessen
mürrische Laune plötzlich wieder erschien. »Ei, weshalb
sollte ich auch nicht ruhig sein! Herr Nathan ist mein
Freund und ein sehr gefälliger Mensch. Er hat mir große
Dienste geleistet; weshalb sollte er mich also nicht besuchen
und weshalb sollte er nicht willkommen sein? Man macht
sich entschieden ganz sonderbare Begriffe von Nathan und
von mir in diesem verwünschten Orte!«

»Sie wissen besser als irgend Jemand, was daran

ist, Herr Reber," entgegnete Schmidt mit seiner unwandel=
baren Sanftmuth; "was mich betrifft, so wünsche ich Ihnen
nichts, als Glück und Wohlergehen."

"Ich glaube Dir, Schmidt, ich glaube Dir," sagte
der Pächter mit Rührung und indem er ihm die Hand
drückte. "Du bist ein braver Bursche. — Doch lassen wir
meine Angelegenheiten und sprechen wir ein wenig von den
deinigen. Geht die Arbeit gut für Dich? Und treibt das
Wasser, wie man zu sagen pflegt, noch immer deine Mühle?"

"Nicht zu sehr, Herr Reber. Es gibt todte Jahres=
zeiten, wie Sie wohl wissen. Die beiden kleinen Müller,
denen ich dort in dem weißen Häuschen Unterricht im Le=
sen und Schreiben gab, sind an den Masern krank; auf
der andern Seite sind wir im Monat Mai und die guten
Leute sparen die Holzschuhe, indem sie barfuß gehen. Was
die Schnitzarbeiten betrifft, so kann man sie nicht mehr ver=
kaufen, wenn Neujahr vorüber ist."

"Mein armer Junge," fuhr Reber fort, der für den
Augenblick seine eigenen Sorgen vergaß, um nur an die
dieses Unglücklichen zu denken, der so rechtschaffen und so
ergebungsvoll war. "Du hast also diesen Morgen in den
Wald gehen müssen, um Pilze zu deiner heutigen Nahrung
zu suchen?

Dabei deutete er auf das zusammengeknüpfte Tuch,
welches zu den Füßen Schmidt's lag. Der junge Mann
wurde purpurroth.

"Nein, nein, Herr Reber," stammelte er, "ich habe
noch ein großes Stück Brod im Hause. Indeß, da Fräu=
lein Kretle sonst die Morcheln sehr liebte, wollte ich
einen Theil meiner Ernte in dem Pachthofe lassen."

»Das ist unnöthig!« entgegnete Reber trocken.

Bald aber fügte er in freundschaftlicherem Tone hinzu:

»Höre, Schmidt, Du bist viel zu stolz; deiner Armuth ungeachtet liebst Du es, zu geben, nicht aber zu empfangen. Wenn deine kleine Küche etwas kalt ist, dann komme ohne Umstände in mein Haus, um unsere Mahlzeit zu theilen. Du wirst herzlich empfangen werden. Ach, höre,« fuhr er fort, wie von einer grausamen Erinnerung ergriffen, »beeile Dich, von der Einladung Gebrauch zu machen, denn Niemand weiß, ob der Pachthof noch lange, vielleicht nur noch wenige Tage redlichen Leuten deiner Art wird Gastfreundschaft bieten können!«

Schmidt wagte es nicht diese Aeußerung aufzunehmen, welche für ihn sehr deutlich war; er begnügte sich deshalb damit, bescheiden zu danken, Reber blieb stumm. Jeder Gegenstand der Unterhaltung zwischen ihm und dem jungen Schulmeister schien erschöpft zu sein; gleichwohl dachte er nicht daran, die geringe Strecke zurückzulegen, die ihn von dem Dorfe trennte, und in sein Haus zurückzukehren, von dem er seit einigen Tagen abwesend war.

Er sagte zerstreut, indem er die kleinen Holzschnitzel bemerkte, die auf dem Rasen umherlagen:

»Ei, mein Junge, Du warst eben bei der Arbeit? Laß Dich durch mich nicht stören; fahre fort in deinem Werke. Du bist wahrlich sehr geschickt darin, diese hölzernen Tändeleien zu machen, die dann nach Paris geschickt werden. Du solltest übrigens doch deinen Lebensunterhalt mit dem hübschen kleinen Geschäft gewinnen.«

»Ja, was wollen Sie, Herr Reber? Ich habe kein Glück. Alle Welt findet, daß meine Tändeleien, wie Sie sie nennen,

mit Geschmack gearbeitet sind, ausgenommen die Leute, welche
sie mir abkaufen. Man hat dafür keinen Absatz und man
bezahlt sie mir weniger theuer als die rohen Spielsa-
chen, die nur gut dazu sind, in eine Schachtel gethan zu
werden.«

»Ich hege den Argwohn, mein Junge, daß Du durch
schlechte Menschen ausgebeutet wirst. Aber gleichviel! Zeige
mir nur dein Werk, das wird mich vielleicht ein wenig zerstreuen. Ich erinnere mich noch immer daran, wie wir lachen mußten, als Du uns den Vater Gobelin in seiner
Stadtkleidung zeigtest, mit seinem Hemdkragen, der ihm die
Ohren abschnitt, und einem Hut, der dem Ballon des
Elsaß glich; — denn in jener Zeit lachte man bei mir
noch!«

Schmidt empfand eine tödtliche Verlegenheit.

»Herr Reber,« stammelte er, »diesmal handelt es sich
nicht um eine Caricatur; und ich wollte so ähnlich als
möglich die Züge — einer — einer mir bekannten Person
darstellen. Aber die Arbeit ist noch sehr unvollständig und
ich würde es nicht wagen, sie sehen zu lassen.«

»Ei, keine übertriebene Bescheidenheit! Für mich wird
das immer noch sehr gut sein.«

»Herr Reber, ich bitte Sie —«

»Nun, wie Du willst« erwiederte der leicht gereizte
Pächter; »sprechen wir nicht mehr davon und geh'n zum
Teufel.«

Es entstand wieder ein Schweigen; Reber war in
seine finsteren Gedanken zurückgesunken und vielleicht hatte
er die Veranlassung des Streites schon vergessen, als
Schmidt mit Anstrengung sagte:

»Sie sind zornig auf mich, Herr Reber, und das be=
trübt mich. Ich will Ihnen meine Arbeit zeigen, wenn
Sie mir versprechen, nicht bös zu werden.«

»Bös werden? Man sollte, bei Gott, glauben, ich
brächte mein Leben damit hin, bös zu sein. Na, zeige mir
die Kleinigkeit, oder zeige sie mir nicht, und machen wir
ein Ende; denn ich muß mich zuletzt doch entschließen, nach
Haus zurückzukehren.«

Schmidt zog zitternd die Statuette unter dem Haufen
Gras hervor, unter dem er sie verborgen hatte.

Der Pächter nahm sie und kaum hatte er einen Blick
darauf geworfen, als seine Züge sich veränderten. Er be=
trachtete sie schweigend einige Minuten; endlich sagte er
mit hohler Stimme:

»Ja, das ist sie, das ist sie. — Ich finde sie hier so
wieder, wie sie ehemals war, anmuthig, heiter, lachend;
sie war die Freude des ganzen Hauses; und ich liebte sie,
ich war stolz auf sie, wie auf ihre Schwester; statt dessen
ich jetzt —! O unglückseliges Kind! Unglückseliges Kind!
— Ich bin verflucht!«

Der Pächter ließ die Statuette auf den Rasen fallen,
preßte den Kopf in die Hände und brach in heftiges
Schluchzen aus. Es war einer jener plötzlichen unwider=
stehlichen Anfälle des Kummers, die um so gewaltiger
sind, je länger man dagegen gekämpft hat, um ihn zu
unterdrücken. Schmidt wurde erschreckt durch die Größe
dieser Verzweiflung, deren Ursache ihm diesmal unbekannt
war. Indeß beeilte er sich, seine theure Statuette aufzu=
heben, die der Pächter bei seinen ungestümen Bewegungen
zerbrechen konnte, und sagte mit ergriffener Stimme:

»Guter Gott, Herr Reber, was hat Ihnen denn die arme Kretle gethan? Ach, ich beschwöre Sie, seien Sie nicht so aufgebracht gegen sie! Hassen Sie sie nicht. Hat sie sich eines Unrechts gegen Sie schuldig gemacht, so verzeihen Sie es ihr; nur aus Unüberlegtheit kann sie Sie gekränkt haben; sie ist so jung; sie besitzt nicht den ruhigen, gesetzten Charakter ihrer Schwester, Fräulein Julien's; aber ihr Herz ist ganz vortrefflich, daran können Sie nicht zweifeln!«

Vielleicht verstand der Pächter den Sinn dieser Worte nicht deutlich; indeß hatten sie doch den Erfolg, ihn wieder zu sich selbst zu bringen. Sein Schluchzen hörte plötzlich auf und er sagte bald nachher mit ruhigerem Tone:

»Du weißt nicht, von wem und von was Du sprichst, mein Freund; aber ich bin wahrlich beschämt darüber, mich in deiner Gegenwart so einfältig gezeigt zu haben, und ich hoffe, Du wirst davon nichts unter die Leute bringen.«

Schmidt richtete die Augen gen Himmel, als wollte er gegen eine solche Absicht Protest erheben.

»Sprechen wir nicht mehr davon,« fuhr Reber fort. »In gewissen Augenblicken siehst Du wohl, daß man nicht Herr seiner selbst, und die Gedanken irren umher wie eine Herde erschreckter Hammel. Ach, mein braver Schmidt,« fügte er hinzu, indem er einen durchbohrenden Blick auf den Schulmeister richtete, »die heftige Leidenschaft, von der Du für meine Tochter Kretle ergriffen warst, ist also keine Kinderei?«

»Eine Kinderei!« wiederholte Schmidt, indem er das Gesicht in die Hände barg, »sie wird nur mit meinem Leben enden!«

»Gut, das sagt man immer, wenn man in deinem Alter ist, doch später wundert man sich darüber. Aber sei vernünftig! Was erwartest Du von diesen schönen Gefühlen?«

»Das Schicksal kann mir weniger feindlich werden, Herr Reber. Wenn ich mich gut aufführe und keine ehrenhafte Arbeit zurückweise, dann erwerbe ich mir doch vielleicht noch eine feste und einträgliche Stellung. Dann werde ich zu Ihnen kommen und Sie bescheiden bitten.«

»Ich könnte mir keinen rechtschaffeneren, keinen verständigeren Schwiegersohn wünschen, als Du bist, Schmidt; aber in Erwartung der Stellung, von der Du sprichst, wäre es eine Thorheit, an diesen Plan zu denken. Ueberlege es Dir übrigens auch; Du liebst meine Tochter Kretle, aber bist Du auch sicher, daß Kretle Neigung für Dich empfindet?«

»Sie hat keine, Herr Reber,« entgegnete Schmidt, indem er einige Thränen vergoß; »sie hat mir stets Wohlwollen bewiesen, Mitleid vielleicht, aber weiter nichts. Ich mache mir auch keine Illusionen; ich besitze nicht die Lebhaftigkeit, die Heiterkeit, die Eleganz, welche einem jungen Mädchen von dem Charakter Kretle's gefallen können; das Elend ist ein schlechtes Mittel, um Liebe einzuflößen!«

»Das ist möglich! Und dann — hast Du nie daran gedacht, daß, wenn sie Dich nicht liebt, sie einen Andern lieben könnte?«

»Ich fürchte, daß Sie die Wahrheit sagen, Herr Reber.«

»Ich bin dessen gewiß,« sagte der Pächter mit einer Aufregung, die er nicht zu verbergen vermochte. »Sie liebt einen Andern, indeß ich habe es bisher vergeblich versucht, ihr den Namen dessen zu entreißen, den sie liebt. Ich will ihn aber wissen, und ich werde ihn erfahren!« — »Du deinerseits, Schmidt,« fuhr der Pächter Reber fort, »hast Du keine Vermuthung, wer dein Nebenbuhler ist? Höre, suche gut nach, die Verliebten haben schärfere Augen als die Andern, Du mußt also deinen Verdacht auf irgend Jemand gerichtet haben.«

»Mein Gott, nein, Herr Reber. Fräulein Kretle ist Herrin ihrer Handlungen; ich würde gefürchtet haben, sie zu verletzen, indem ich ihre Gedanken und ihre Worte erspähte.«

»Du bist ein komischer Liebhaber! Als ich meiner armen Magdalena, der Mutter dieses Mädchens, den Hof machte, war ich stets geneigt, Jeden durch und durch zu stechen, der sich ihr näherte. Du kannst nicht verliebt sein, ohne auch ein wenig eifersüchtig zu sein. Nun denke nach; erräthst Du nicht, welcher unter den jungen Männern, die unser Haus besuchten und die Kretle am häufigsten zum Tanze aufforderten, die Gunst der Kleinen gewonnen haben konnte?«

»Was soll ich Ihnen sagen, Herr Reber? Ich war zu schlecht gekleidet, um zum Tanze zu gehen. Was die jungen Leute betrifft, die aus dem Pachthof kommen, so sind Sie viel besser im Stande als ich zu beurtheilen —«

»Ei, zum Teufel, eben weil ich entweder gar nicht oder schlecht geurtheilt habe, ziehe ich Dich zu Rathe, Du unschuldiger Bursche. Wenn Du wüßtest, um was es sich handelt. Noch einmal, sage mir deine Ansicht, deine eigene Ansicht.«

„Nun gut denn, Herr Reber, es scheint mir, daß Herr
Albert Lovendal, der Sohn des großen Fabrikanten, der
eine Meile von hier entfernt wohnt, ehemals sehr oft zu
Ihnen kam und daß er nicht schlecht aufgenommen wurde.
Er ist ein hübscher junger Mann, reich, unterrichtet, geist-
reich.“

„Herr Albert!“ entgegnete der Pächter mit Bitterkeit. „Seine häufigen Besuche waren in der That aller
Welt aufgefallen und man hatte einen Augenblick geglaubt
— aber er hat plötzlich aufgehört zu kommen. Ohne Zweifel hat er Wind von meinem Mißgeschicke erhalten und gefürchtet, mein Unglück möchte ansteckend sein; vielleicht hat
auch sein Vater, der stolz auf seinen Reichthum ist, ihm
mein Haus verboten. Wie dem aber sei, vergißt Du doch
jedenfalls, Schmidt, daß Albert Lovendal sich eifrig mit
Julie, meiner ältesten Tochter, beschäftigte; vielleicht denkt
selbst Julie noch jetzt mehr an den jungen Mann, als
sich geziemt; ganz gewiß aber hat Albert nie an Kretle
gedacht.“

„Was sagen Sie dann zu Herrn Hermann, der vor
einigen Jahren nach Amerika ging und der seit kurzer Zeit
in dem Jochthale zurück ist? Er macht großen Lärm mit
seinem Vermögen, seinen Abenteuern und gibt sich für den
Associé eines der reichsten Handelshäuser von New-York
aus, das sich mit dem Transport der Auswanderer nach
Amerika beschäftigt. Er ist persönlich ganz hübsch mit seinem
nach der Mode geschnittenen Backenbart; überdies trägt er
schöne Kleider, eine Uhr, eine goldene Kette und spricht
mit großer Geläufigkeit. Kretle schien ihn mehrmals mit
Vergnügen anzuhören!“

»Ihn? Hermann, diesen Lügner, diesen lächerlichen Prahler, der dort drüben Alles getödtet, Alles erobert, Alles besiegt hat? Pfui! Seine Geschichten enthalten kein wahres Wort, und wenn er auch mit dem Gelde in seiner Tasche klimpert, so glaube ich doch an seinen Reichthum eben so wenig wie an seine berühmten Abenteuer. Kretle ist ungeachtet ihrer Leichtfertigkeit die Erste gewesen, welche die Prahlereien Hermanns lächerlich gemacht hat.«

»Dann weiß ich nicht —«

»Du suchst nur unter Denen, welche reich und gut gekleidet sind, denn Du bildest Dir ein, armer Junge, daß nur Reichthum und gute Kleidung einem Mädchen gefallen können, und ich gestehe, daß das oft genug wahr ist; aber denkst Du nicht an Johann Müller, den Gastwirthssohn?«

»Er ist zu roh!«

»Und Herr Csopin, der Schreiber des Notars?«

»Der ist ein Trunkenbold!«

»Nun bin ich vorwärtsgekommen! Und dennoch muß ich den Namen dieses Elenden wissen!«

Dieser neue Ausbruch der Wuth verwirrte den armen Schmidt, der nicht wagte, nach der Ursache davon zu fragen. Bald darnach stand der Pächter plötzlich auf.

»Ob ich will oder nicht,« sagte er barsch, »so muß ich doch nach dem Pachthofe zurückkehren; aber höre, Schmidt, dieses Zusammentreffen, auf welches ich nicht rechnete, wird vielleicht für Dich nicht ganz verloren sein. — Liebst Du wirklich meine Tochter Kretle mehr als Alles auf der Welt?«

»Können Sie daran zweifeln, Herr Reber? Mein Leben würde ich für sie hingeben!«

»Es ist nicht dein Leben, das man von Dir fordern wird; aber würdest Du Dich für sie ganz und unbedingt hingeben? Würdest Du Dich zu den peinlichsten Opfern entschließen?«

»Ich würde mich hingeben, ich würde mich opfern!« rief Schmidt entschlossen, »aber aus Barmherzigkeit sagen Sie mir — ? — «

»Freue Dich nicht! Du wirst im Gegentheil Gelegenheit haben, alle Thränen deiner Augen zu vergießen. — Suche mich binnen zwei Stunden in dem Pachthofe auf und Du sollst erfahren, um was es sich handelt.«

Zugleich band der Pächter sein Pferd los.

»Herr Reber,« sagte der arme Schmidt, indem er ihm mit gefalteten Händen folgte, »ich beschwöre Sie, lassen Sie mich nicht so lange in einer tödtlichen Ungewißheit! — Könnten Sie in der That einwilligen, mir, meiner Armuth ungeachtet, die Hand Ihrer Tochter zu gewähren?«

»Vielleicht! Aber noch einmal — hüte Dich davor, Dich zu freuen, denn es wäre weder dein Glück noch das der Andern. Du wirst früh genug die Wahrheit erfahren; jetzt laß mich. Binnen zwei Stunden — wenn Du dabei bleibst — komm' nach dem Pachthofe; ich werde dort sein.«

Indem er so sprach, hatte er sein Pferd bestiegen. Obgleich das arme Thier mit dem verlorenen Hufeisen nicht leicht laufen konnte, sprengte er mit der größten Schnelligkeit dem Dorfe zu, selbst auf die Gefahr eines Sturzes, und bald verschwand er hinter dem Felsenjoche. Schmidt blieb zurück, von Staunen und Furcht ergriffen, den neuen Horizonten gegenüber, welche die geheimnißvollen Worte des Pächters für seine Einbildungskraft eröffnet hatten.

Zweites Capitel.

Das Dorf-Kaffeehaus.

An demselben Tage und beinahe zu derselben Stunde
erreichte ein Reiter, der mit eleganter Einfachheit gekleidet
war und ein Pferd von hohem Werthe ritt, das Dorf des
Jochthales auf der Straße von den Bergen her. Er war
ein großer junger Mann, schlank, blond, mit ausgezeich=
netem Wesen, aber sein von Natur offenes Gesicht wurde
durch peinliche Gedanken verdunkelt. Er warf verlegene
Blicke umher, als hätte er gefürchtet, daß seine Anwesen=
heit bemerkt werden und die Neugier der Klatschgevattern
des Dorfes erregen möchte. Er ritt indeß die Hauptstraße
entlang, die zu dieser Tageszeit beinahe menschenleer war,
und hielt vor einem alten Hause an, dessen Aushängeschild
den Vorüberkommenden das Wirthshaus, das Kaffeehaus
und die Schänke des Dorfes verkündete. Vor dem Stalle
stieg er vom Pferde und nachdem er dieses dem Stall=
knechte in Holzschuhen anvertraut hatte, der ihn mit ehr=
erbietiger Vertraulichkeit begrüßte, schlüpfte er unbemerkt
in den räucherigen Saal des Erdgeschosses und setzte sich
hier geräuschlos in eine Ecke. Dieser Saal, geschmückt mit
abscheulichen illuminirten Bildern, welche Episoden aus
dem Kriege in Italien darstellten, war der gewöhnliche
Versammlungsort für die Dorfbewohner; die Blouse rieb
sich hier brüderlich an dem Paletot, wenn sie nur ihre
Zeche bezahlte, denn der Vater Müller, der Gastwirth=

Caffetier, gab keinem Menschen Credit. Es herrschte hier
zu jeder Zeit ein erstickender Gestank von Tabak und Ab-
synth und die Leute der Gegend schienen die verdorbene
Atmosphäre dieser Höhle der balsamischen Luft der benachbarten Berge vorzuziehen, denn sie verließen sie kaum.
Obgleich der Tag noch nicht weit vorgerückt war, sah man
doch schon an jedem marmorartig angestrichenen Tische eine
gewisse Anzahl von Stammgästen, die sich plaudernd dem
Genusse der Pfeife, der Karten und des Bieres hingaben.
Die allgemeine Aufmerksamkeit wurde durch einen Mann
von einigen dreißig Jahren mit sonnenverbranntem Gesicht
und ziemlich gemeinem Wesen in Anspruch genommen,
dessen unerschöpfliche Geschwätzigkeit an die des kecksten
Handlungsreisenden erinnerte. An seinem anspruchsvollen,
mit schlechtem Geschmack gepaarten Anzuge, an der Menge
des Schmuckes, mit dem er seine Person überladen hatte,
erkannte man sogleich jenen Herrn Hermann, den sogenannten Associé eines New-Yorker Hauses, der gekommen
war, um Auswanderer nach Amerika anzuwerben. An
einem Tische stehend, schien er zu zwei oder drei Bauern zu
reden, die ihn mit offenem Munde anhörten; aber er sprach
laut, um von Allen in dem Saale gehört zu werden, und
in der That verlor von den Anwesenden keiner ein Wort
von dem, was er sagte. Der Gegenstand der Unterhaltung
war ein Brief, den einer der Bauern an eben diesem Tage
aus Amerika erhalten hatte und den Herr Hermann auf
diese Weise erläuterte. Nachdem er einen Satz gelesen hatte,
commentirte er ihn ausführlich zum Verständniß seiner
Zuhörer:

»Der Boden ist außerordentlich fruchtbar,« sagte er,

indem er zu lesen fortfuhr; „aber er muß mit großer Sorgfalt urbar gemacht und bebaut werden. Ich habe schon
mehr als tausend Dollars —"

„Siehst Du wohl, Burgwillers," unterbrach er sich,
indem er sich zu einem kräftigen Manne wendete, der eine
Ledermütze auf hatte, wie die Käsemacher des Gebirges sie
tragen und der der Eigenthümer des Briefes war; „ich
lasse das nicht deinen Vetter schreiben, denn ich nicht kenne
und nie gesehen habe. Amerika ist das fruchtbarste Land
der Welt; dein Vetter bestätigt das und er muß sich darauf
verstehen, denn er galt hier für einen sehr tüchtigen Landmann. Er hat daher auch schon über tausend Dollars erspart
und er wohnt erst seit weniger als zwei Jahren in Amerika. Aber vielleicht wirst Du mich fragen: Wie viel ist ein
Dollar? Das ist ein amerikanisches Geldstück von hundert
Sous. Ihr armen Teufel von Europäern rechnet nach
Francs und Centimen, wir dort, wir zählen nach Pfunden
Sterling und Dollars; das Gold ist bei uns häufiger als
das Kupfer bei Euch. Also hat dein Vetter Benoit schon
tausend Dollars bei Seite gelegt, das heißt mehr als fünftausend Francs von eurem elenden Gelde und das ist für
einen Anfang ganz hübsch! Kellner!" fügte er mit lauterer
Stimme hinzu.

Der Kellner, der Stallknecht von so eben, eilte aus
dem Stalle herbei, ohne sich nur so viel Zeit zu nehmen,
seine kothigen Holzschuhe abzulegen.

„Was soll ich Ihnen bringen, Herr Hermann?"
fragte er dienstfertig.

„Eine Soda."

„Eine — was?"

»Nun, ich sehe wohl, daß die Civilisation noch nicht bis in diese entfernte Provinz gedrungen ist. Eine Soda besteht aus Johannisbeersyrup, Selterserwasser und Eis. Ich werde Dich darin unterrichten, dies Getränk zu berei= ten, das köstlich ist. Aber wenn man hier die Soda nicht kennt, so denke ich, daß der Sherry — «

»Der —?«

»Sherry — er besteht aus Xereswein, Muscatnuß und Eis. Ich werde Dir das Recept auch zu dieser Mi= schung geben, die ebenfalls ganz köstlich ist. Aber da es hier nicht möglich ist, etwas Anderes zu bekommen, bringe uns von deinem elenden Bier und schenke davon allen An= wesenden ein, die so freundlich sein wollen, es anzuneh= men. — Ich bezahle.«

Der Aufwärter ging jedoch nicht, ohne ziemlich laut zu murmeln, daß Herr Hermann sich zu der Zeit, als er in dem Laden seines Vaters, welcher Krämer in einer be= nachbarten kleinen Stadt war, das Band ellenweise abmaß, sich nicht so geringschätzig gegen das in dem Lande gebraute elende Bier gezeigt hätte.

Der Mäkler kümmerte sich nicht um dieses Murmeln, denn seine Aufschneidereien machten einen lebhaften Ein= druck auf sein Auditorium. Das Spiel hatte aufgehört; alle Ohren waren aufmerksam; alle Hälse waren ausgestreckt; alle Blicke wendeten sich auf den Redner. Der Kellner kehrte mit Bierkrügen zurück, deren Inhalt er an die Gäste vertheilte, Leute, die größtentheils nicht sehr zartsinnig waren und gern auf Kosten des ersten Besten tranken. Die Anwesenden wurden dadurch vollends günstig gestimmt. Hermann, stolz auf dieses Resultat, bemerkte die Anwe=

senheit des jungen Reifenden nicht, der noch immer in der dunklen Ecke des Saales faß und jenem zerstreut zuhörte, indem er kleine Züge aus einem Glase Zuckerwasser that.

»Fahren Sie fort zu lesen, Herr Hermann,« sagte Burgwillers; »der Brief ist noch lang und mein Vetter Benoit schreibt mir noch viel.«

»Ich bin bereit. Wir waren bei den tausend Dollars — ja, richtig —: »Ich habe schon mehr als tausend Dollars für Urbarmachung und Einrichtungskosten gezahlt.«

»Hm!« unterbrach sich der Mäkler ein wenig verwirrt; »dabei muß irgend ein Irrthum —«

»Wie!« rief Burgwillers, indem er die Augen weit aufriß, »die tausend Dollars sind also kein Gewinn? Sie sind im Gegentheil eine Schuld? — Das ändert ganz entschieden die Sache!«

»Einen Augenblick! Warte das Ende ab,« entgegnete Hermann, welcher schon einen Blick auf die folgenden Sätze des Briefes geworfen hatte.

Und er las weiter, indem er jedes Wort betonte:

»Tausend Dollars für Urbarmachung und Einrichtungskosten bezahlt; aber wahrscheinlich wird die nächste Ernte diese ganze Summe decken, für welche ich bis dahin die Interessen an die Banquiers bezahle, und nach der Ernte wird meine Besitzung frei von allen Schulden und zehntausend Dollars werth sein.«

»Nun, hört Ihr das, Ihr Anderen?« fügte Hermann hinzu, indem er sein triumphirendes Wesen wieder annahm. »Zehntausend Dollars, das heißt mehr als fünfzigtausend Francs, und als der Vetter Benoit nach den

Vereinigten Staaten kam, hatte er nur ein kleines Capital von fünf- oder sechstausend Francs.«

Die Anwesenden konnten ihre Bewunderung jetzt nicht unterdrücken und die Gläser wurden auf die Gesundheit Benoits und das Gedeihen Amerikas geleert. Als der Enthusiasmus sich ein wenig gelegt hatte, sagte ein lothringischer Bauer mit pfiffigem Gesicht, dem Anscheine nach ein Gehilfe Burgwiller's:

»Das Alles ist ganz vortrefflich, Herr Hermann; die Ländereien können dort sehr gut sein, aber man wird mich nimmermehr überreden, daß die Lerchen gebraten aus der Luft fallen. Es ist viel Geld erforderlich, um die Reise zu machen, den Grund und Boden zu kaufen, ihn urbar zu machen und zum Ertrage zu bringen. Nehmen wir zum Beispiel den Vetter Benoit; er hatte, wie Sie sagen, viertausend Francs Capital; diese hat er zuerst zugesetzt und dann mußte er noch fünftausend Francs oder tausend Dollars borgen, das macht also zusammen ungefähr zehntausend Francs, das ist schon eine Summe, und wenn die nächste Ernte nicht gut ist, wenn die Wucherer dort eben so verschlagen, eben so habgierig sind wie bei uns, meiner Treu, dann könnte die Besitzung des Vetter Benoit wohl schon nach wenigen Jahren in andere Hände übergehen.«

Diese strenge, auf Zahlen gestützte Auseinandersetzung verdoppelte das Interesse, welches das Auditorium an dem Streite nahm und man erwartete mit sichtlicher Neugier die Antwort des Mäklers. Dieser schien keineswegs aus dem Sattel gehoben zu sein.

»Sie sind ein Feiner, Vater Laurent,« sagte er, »und ich muß gestehen, daß Sie richtig rechnen; aber das mißfällt mir nicht. Ich habe niemals gesagt, daß man nicht gewisse Fonds haben müßte, um in Amerika sein Glück zu suchen; die amerikanische Regierung verlangt daher auch, daß jeder Emigrant ein kleines Capital als Eigenthum besitzt, eine Kleinigkeit, um die ersten Ausgaben zu bestreiten, aber wo haben Sie jemals gesehen, daß man nicht einen Einsatz wagen mußte, um eine Partie zu gewinnen? Was die Kosten der Urbarmachung betrifft, so ist dort drüben nichts wechselnder; sie können in dem Staate Teneffee sehr bedeu= tend sein, wo sich der Vetter Benoit niedergelassen hat, aber in der Provinz Kansas, wo die ungeheuren Länder= strecken liegen, über welche unser Haus zu verfügen hat, das Haus William Bell in New-York, in Havre vertreten durch das Haus Bidois und Sohn, Schiffsrheder, und das überall sonst durch mich, Rudolf Hermann, vertreten wird; in Kansas, sage ich, sind die Kosten der Urbarmachung bei= nahe Null. Teneffee ist freilich zum Theil noch mit Urwald bedeckt, deffen alte Bäume entwurzelt werden müssen, und das ist eine lange und mühsame Arbeit. Das Land dagegen, deffen Besitzer wir sind, besteht hauptsächlich aus weiten Prairien, auf denen man nichts findet, als hohes Gras und höchstens Gebüsch, deffen man sehr leicht Herr wird. Sie sprachen soeben, Vater Laurent, von Ländern, wo die gebratenen Lerchen aus der Luft fallen und Sie glaubten damit zu spotten; nun, was würden Sie von einem Lande sagen, in welchem man ganz gebraten, nicht etwa Lerchen aufheben kann, sondern schöne Holztauben, Truthähne, oft sogar Hirsche oder Bisons, welches die Ochsen jenes Lan= des sind?«

Diesmal schien die Uebertreibung den Anwesenden so

stark zu sein, daß sie einander ansahen und glaubten, man wollte sich über sie lustig machen. Hermann lächelte.

»Kellner!« rief er. »Branntwein, Rhum, Kirsch! und schenken Sie in der Runde ein; ich bezahle immer wieder!«

Während der Kellner brummend gehorchte, nahm Hermann mit seiner stolzen Zuversicht wieder das Wort:

»Sie glauben vielleicht, daß ich scherze? Lassen Sie mich Ihnen die Sache erklären. Ich habe Ihnen gesagt, daß die Urbarmachung in unserem Kansas nicht theuer ist; wissen Sie, was man dort thut, um das Land urbar zu machen? Jeder Colonist zieht eine leichte Furche um die Strecke, die er säubern will, dann legt er an den vier Enden Feuer an und kümmert sich nicht um das Uebrige. Das Gras, das Gebüsch brennen bis auf die Wurzel nieder und bilden eine befruchtende Asche, welche den Dünger überflüssig macht, doch das ist nicht Alles: Eine Menge wilder Tauben und Truthühner, oft sogar Wildschweine, Büffel, Damhirsche und anderes großes Wild des Landes wird von den Flammen überrascht oder von dem Rauche erstickt; man hebt sie dann ganz gebraten auf, wenn das Feuer aus Mangel an Nahrung erloschen ist, und die Colonisten laben sich mit den Erträgnissen dieser Jagd, die sie nichts kostet, wie Sie wohl sehen.«

Die Bewunderung der guten Leute für das Eldorado, dessen pomphafte Beschreibung Hermann ihnen machte, erreichte den höchsten Gipfel; aber der Vater Laurent fuhr dennoch fort den Kopf zu schütteln, obgleich es ihm an den Kenntnissen mangelte, um die Behauptungen des Mäklers richtig zu würdigen.

»Das ist aber doch komisch,« sagte er. »Darnach kön

nen die Gebräuche in den Ländern jenseits des Meeres den unserigen nicht gleichen. — Doch fahren wir fort: Das Land ist gereinigt, aber das heißt noch nicht bestellt. Nun müssen die Wurzeln entfernt, geackert, gesäet werden.«

»Das Alles verursacht nicht die gleichen Schwierigkeiten wie hier,« entgegnete der unermüdliche Lobredner. »Der Boden ist von staunenerregender Fruchtbarkeit; es genügt ihn nur ein wenig mit einer Egge aufzureißen, und er bringt, ganz von selbst, alle Arten der köstlichsten Früchte hervor: Ananas, Zuckerrohr, Bananen, Cocosnüsse, Orangen, was weiß ich.«

»Trägt er auch Erdäpfel?« fragte ein practischer Bauer.

»Ich, ich glaube ja; wenigstens muß er sie hervorbringen, denn das Knollengewächs, dessen Sie erwähnen, ist in Amerika sehr allgemein. Aber mit Ihrer Erlaubniß, Vater Laurent, will ich jetzt den Brief zu Ende lesen, der ohne Zweifel noch interessante Einzelheiten enthält.«

In der That fuhr er fort den Brief zu lesen, indem er jeden Satz desselben mit Commentaren begleitete, deren Sinn man sich leicht denken kann. Der Brief endete mit einer Aufforderung des Vetter Benoit an seine Verwandten und Freunde, sich so bald als möglich in Amerika niederzulassen, »wo man,« wie er sagte, »trotz mancher Uebelstände und ungünstiger Verhältnisse endlich doch gut leben und sich forthelfen könnte.« Dieser Schluß diente als Stoff zu einer schönen rednerischen Anstrengung des Herrn Hermann.

»Du hörst es, Burgwillers« und Alle, die hier anwesend sind, hören es eben so wie Du! Was habe ich Euch

hundertmal gesagt, Dir und den Andern? Ihr seht, daß
der Vetter Benoit, ein pfiffiger Bursche, und der zu rechnen
versteht, wenn ich nicht irre, Euch ganz dasselbe räth. Was
zum Teufel macht Ihr auch wirklich in diesem alten Lande?
Ihr lebt elend, indem Ihr Euch bei der Arbeit aufreibt;
statt dessen kann dort Jeder, der guten Willen hat, gewiß
sein Glück machen. Ich wiederhole es Euch, Amerika ist ein
gesegnetes Land, wo Jedermann die Aussicht hat, Millio-
när zu werden. Sagt man nicht von einem Reisenden, der
mit Gold vollgestopft in sein Vaterland zurückkehrt: Das
ist ein Onkel aus Amerika? Und bedenket, daß nicht
blos die Ackerbauer in jenem Lande die Aussicht haben, sich
zu bereichern, sondern auch die Handwerker aller Art: Schlos-
ser, Zimmerleute, Maurer und die Uebrigen. Dort wird der
Lohn eines Arbeiters wenigstens mit einem Dollar täglich
bezahlt, und in gewissen Staaten mit zwei und drei Dollars.
Es kommen daher auch Alle vorwärts, und es ist eine
Dummheit, in diesem altersschwachen Europa zu vegetiren,
während man durch eine Reise von einigen Tagen eine Gegend erreichen kann, wo man durch die bloße Arbeit seiner
Hände schnell zum Reichthum kömmt.«

Der Vater Laurent selbst, welcher Zimmermann war,
spitzte die Ohren, als er versichern hörte, daß der Tagelohn
eines Handwerkers in gewissen Gegenden der neuen Welt
mehrere Dollars betrüge, und er wurde durch diesen Umstand so ergriffen, daß er darüber vergaß, nach dem Preise
des Brodes und der übrigen nothwendigsten Lebensbedürf-
nisse zu fragen. Als indeß ein beifälliges Gemurmel in allen
Theilen des Saales sich erhob, sagte der Sohn des Gerichtsnotärs, ein junger, so zu sagen gelehrter Mensch, der vielleicht

einige Romane von **Fenimore Cooper** gelesen hatte, mit anmaßendem Tone:

„Sie sprechen nicht von den Wilden, Herr Hermann, diese Wilden aber, die noch in dem Mittelpuncte des amerikanischen Continents leben, sind ziemlich unbequeme Nachbarn. Bei der geringsten Laune plündern sie die Niederlassungen der Colonisten und brennen sie nieder; oft greifen sie auch die Colonisten selbst an, und schneiden ihnen die Kopfhaut ab, was sie scalpiren nennen. Man muß genau wissen, wem man sich aussetzt, wenn man sein Glück in jenen weit entfernten Ländern suchen will."

Bei dem einzigen Worte Wilde trat plötzlich ein tiefes Schweigen in dem Kaffeehause ein. Hermann maß den Sprecher mit geringschätzigem Wesen.

„Sie sind ein unterrichteter junger Mann, Herr Duclet," entgegnete er mit Ironie; „das weiß man; aber nicht in den Büchern, und besonders nicht in den Romanen muß man die practischen Kenntnisse über den jetzigen Zustand jener Gegenden suchen. Die Indianer sind so ziemlich ganz aus Nordamerika verschwunden, und das ist sehr schade, denn man trieb mit ihnen einen äußerst vortheilhaften Handel: für einige Gläser Branntwein und eine Decke, zusammen zwei Dollars werth, kaufte man von diesen Unglücklichen, welche sehr gewandte Jäger waren, einige hundert Biberhäute oder ein Pack Bärenfelle, die einen Werth von tausend Francs hatten; es ist daher sehr zu bedauern, daß die Indianerstämme so verschwunden sind. Die wenigen, die man noch findet, sind nicht kriegerisch gesinnt, und der Scalp existirt nur noch dem Namen nach. In Amerika, wo man auf Alles speculirt, sucht man sorgfältig die

wenigen Indianer, die noch existiren, auf, um sie öffentlich
für Geld zu zeigen.«

Der Sohn des Gerichtsnotärs konnte auf diese bestimmten Behauptungen nichts antworten. Der Krämer
des Ortes, der in seinem dunklen Laden beinahe alle Arten
von Waaren führte, rief entschlossen:

»Meiner Treu, wenn ich nach Amerika ginge, so
würde ich suchen, mich so nahe wie möglich bei den Wilden
niederzulassen; es gäbe mit den Schelmen gute Geschäfte
zu machen; das Pelzwerk war auf dem letzten Markte in
Straßburg verteufelt theuer!«

Der Enthusiasmus der Anwesenden war so weit gediehen, daß außer dem Unbekannten, dessen wir erwähnten, in der ganzen Versammlung Keiner war, der in diesem Augenblicke nicht daran dachte, auszuwandern.

»Das Alles ist ganz schön,« sagte der Vater Laurent,
»aber wie kommt man nach dem gelobten Lande? Es ist
weit — und das muß viel kosten!«

»Nichts kann im Gegentheil weniger theuer sein,«
rief Hermann, der sein Auditorium eben dahin zu haben
wünschte. »Unser Haus, das Haus William Bell und
Compagnie, verpflichtet sich, alle Leute, die guten Willen
haben, um einen äußerst niedrigen Preis von hier nach
Amerika zu schaffen. Wir haben besondere Verträge mit
den Eisenbahnen; wir besitzen prachtvolle Schiffe, die den
Dienst zwischen Hâvre und New-York versehen, und
begnügen uns mit dem bescheidensten Gewinn an jedem
Emigranten, denn wir ersetzen das durch die Menge. Wenn
man Land zu erwerben wünscht, so können wir bedeutende
Strecken zu einem fabelhaft geringen Preise ablassen; hun-

dert Morgen kosten dort weniger als hier ein Morgen
von eurem Haideland. Was die Formalitäten betrifft,
die zu erfüllen sind, um Frankreich zu verlassen und in der
Union aufgenommen zu werden, so macht unsere Compagnie
auch das zu ihrer Sache, und ich bin persönlich bereit, mich
zu vier theilen, um meine Landsleute zu verpflichten.«

Wie man errathen kann, hatte Herr Hermann einen
besondern Gewinn an jedem Emigranten, dessen Einschif=
fung ihm gelang, an jedem Morgen Land, den er verkaufte,
und von diesem Augenblicke an schien der Auswanderungs=
agent von seinem Marktschreiergerüste herabzusteigen und
seine Stimme erhob sich nur zuweilen über den Lärm der
allgemeinen Unterhaltung. Er war gleichwohl noch immer
der Mittelpunct der Gruppen und man schien ihn über die
Verwirklichung der Pläne zu Rathe zu ziehen, welche schon
in allen Köpfen gährten. Hermann, der bald einschmei=
chelnd, bald entschieden und schneidend war, schien alle
Schwierigkeiten zu lösen, auf alle Einwürfe zu antworten.
Die Ruhe begann sich daher in dem Kaffeehause herzustel=
len, als man den Galopp eines Pferdes auf dem schlech=
ten Pflaster des Ortes ertönen hörte. Durch die schmutzigen
Scheiben der vorderen Fenster des Erdgeschosses sah man
den Pächter Reber, der übermäßig sein Pferd antrieb,
welches bei jedem Schritte strauchelte.

»Das ist Herr Reber,« sagte endlich einer der An=
wesenden mit leiser Ironie. »Er galoppirt, meiner Treu,
als ob er zu einer Hochzeit erwartet würde.«

»Hm! Es scheint, als ob bei ihm nicht Alles gut
geht,« bemerkte ein Anderer. »Man schwatzt viel über das
Haus des armen Reber.«

Der junge Unbekannte hatte sich halb erhoben, als der Pächter vorüberkam.

»Ja, er ist es! Diesmal ist er es wirklich!« murmelte er für sich. »Er wird ohne Zweifel die armen Geschöpfe wieder quälen! — Wenn der heftige Mensch sich nur nicht zu einer Gewaltthat hinreißen läßt!«

In dem andern Theile des Saales währte das Gespräch fort.

»Ich weiß, was ich weiß,« sagte Hermann mit geheimnißvollem Tone; »und erinnert Euch an meine Worte: Binnen hier und kurzer Zeit könnte Herr Reber sich wohl auch mit all' seinen Leuten nach Amerika einschiffen.«

. »Freilich,« sagte der Vater Laurent, »besucht der Jude Nathan sehr häufig den Pachthof und es soll Uneinigkeit in seinem Hause geben.«

»Hm! Hm!« äußerte der Sohn des Gerichtsnotärs »Herr Nathan ist einer von den Clienten meines Vaters, und zwar ein ganz vortrefflicher Client, die Versicherung kann ich Euch geben.«

»Daß Niemand von Herrn Nathan Böses spricht!« fiel Hermann mit Autorität ein; »er ist mein Freund, und, die Wahrheit zu sagen, erwarte ich ihn jeden Augenblick, denn eine wichtige Angelegenheit ruft ihn nach dem Joche. — Was den Meister Reber betrifft, so hat er den Kopf sehr hoch getragen und er wird ihn wohl ein wenig beugen müssen.«

»Alle Art von Unglück hat ihn in der letzten Zeit getroffen,« nahm der Vater Laurent wieder das Wort; »zwei schlechte Jahre hintereinander und eine Viehseuche

Aber er besitzt persönliches Gut und seine Schwiegermutter, die alte Madame Dietrich, hat wie man sagt, einen schö= nen Schatz!«

»Gut!« entgegnete Hermann mit leisem, spöttischen Pfeifen, »wenn die Alte Geld hat, so behält sie es ohne Zweifel für sich; und was das persönliche Gut des Herrn Reber betrifft, so ist es mit Hypotheken für eine Summe belastet, die den wirklichen Werth weit übersteigt. Geht! Geht! — Die kleinen Rebers, die so cokett und so geputzt in der Kirche und bei dem Tanze waren, werden grausam herabsteigen müssen.«

»Ei, Herr Hermann, Sie waren vergangenen Win= ter sehr eifrig und die Bitterkeit, mit der Sie von ihnen sprechen, könnten Sie für einen abgewiesenen Liebhaber hal= ten lassen.«

»Mich, Vater Laurent? Pfui! Wenn ich wollte, so wäre ich nicht in Verlegenheit, etwas viel Besseres zu fin= den.«

»Spielen Sie nicht so den Empfindlichen! Herr Albert Lovendal, der Sohn des reichsten Fabrikanten der ganzen Gegend, soll leidenschaftlich in eine von den Fräulein Reber verliebt sein und wenn der Vater in eine Heirat willigen wollte —«

»Ja, aber er wird nicht zugeben, daß sein Sohn eine solche Thorheit begeht, besonders jetzt, wo die Familie Reber zu Grunde gerichtet und entehrt ist.«

»Entehrt?« wiederholten mehrere Stimmen.

»Ei, parbleu, das ist kein Geheimniß mehr, wie ich mir einbilde,« sagte Hermann gleichgiltig.

»Die kleine Spötterin Kretle, die jüngste Tochter

Reber's, hat, wie es scheint, die Cokette mit irgend einem
hübschen Jungen gespielt.«

Eine bebende, doch deutliche Stimme rief lebhaft:

»Schweigen Sie! das ist eine Lüge! Eine Nichtswürdigkeit!«

Der junge Unbekannte trat aus der dunklen Ecke hervor, in der er sich bis dahin verborgen gehalten hatte, und
ging zu den sich Unterhaltenden. Er war sehr blaß, sein
Blick sprach Schmerz und Zorn aus, obgleich es möglich
war, in seinem Benehmen etwas Zögern zu bemerken.

»Wie! Herr Albert Lovendal.« fragte Hermann
mit einiger Verwirrung, »Sie waren da?«

»Herr Albert!« wiederholten die Anwesenden, welche
eifrigst die Hände an ihre Hüte legten.

Albert Lovendal, da wir den Namen des Unbekannten jetzt kennen, schien diese Beweise der Ehrerbietung nicht
zu bemerken.

»Wie, Hermann,« sagte er lebhaft, »Sie, der Sie
freundschaftlich in der Familie Reber aufgenommen wurden, können auf eine so abscheuliche Weise von derselben
sprechen? Erröthen Sie nicht, ein armes Mädchen so zu
verleumden?«

»Gehen Sie doch, Herr Albert! Sie wissen eben so
gut wie ich —«

»Ich weiß, daß diese Familie Anspruch auf Ihre
ganzen Rücksichten, Ihre ganze Achtung verdient; und ich
fordere Sie daher auf, Herr Hermann, nicht mehr solche
alberne Gerüchte über dieselben zu verbreiten. — Verstehen Sie mich?«

Dieser gebieterische Ton schien den Mäkler grausam

zu verletzen und er biß zornig auf seine Cigarre; aber Her=
mann, der von armen und nicht sehr geachteten Aeltern ab=
stammte, fühlte sich dem Sohne des einflußreichsten Man=
nes der ganzen Gegend noch zu sehr untergeordnet, als
daß er es gewagt hätte, ihm zu antworten wie seines=
gleichen. Er protestirte nichtsdestoweniger durch eine Art
unverständlichen Brummens gegen die Vorwürfe Alberts;
dieser kümmerte sich darum nicht, und wendete sich zu
den Gästen des Kaffeehauses.

»Das Alles ist falsch, meine Freunde,« sagte er mit
festem Tone; »ich versichere Euch, daß Reber und seine
Kinder — vielmehr das Mitleid aller Rechtschaffenen ver=
dienen.«

Er grüßte mit der Hand und ging.

Jetzt fand Hermann seine ganze Zuversicht wieder.

»Habt Ihr gesehen, wie ich ihm die Spitze bot?«
fragte er dreist. »Hält dieser Gelbschnabel sich zufällig für
etwas Besseres, als ich bin? Ich bin auch ein Gentleman
und ich gestatte nicht, daß man meine Würde so antastet!«

Aber diese Großsprechereien hatten keinen Erfolg bei
der Versammlung.

Der Vater Laurent zuckte die Achseln.

»Sie spielen jetzt den Stolzen, nun er fort ist,« sagte
er mit spöttischem Tone; »aber niemals wird der Sohn
Ihres Vaters, mein armer Hermann, auf gleicher Linie
mit Herrn Albert Lovendal gehen können. Sie mögen es
immerhin versuchen, sich so zu kleiden wie er und sein
Wesen und Thun zu copiren, so sieht man doch schon auf
hundert Schritt, wo Einer und der Andere von Ihnen her ist!«

»Ich, die Kleidung und das Wesen des Herrn Loven=

dal copiren? Sie wollen spotten, mein braver Mann; ich ahme Niemand nach und diesem Provinzler weniger wie irgend Jemand. Ich bitte Sie, was hat er denn mehr wie ich? Sein Vater ist ungeheuer reich, das mag sein; aber der Sohn wird, wie man sagt, sehr knapp gehalten und ich wette darauf, daß er in seiner Tasche nicht so viel Geld hat als ich. — Sehen Sie!"

Er zog aus der Tasche eine Handvoll Fünffrancé-stücke, zwischen welchen auch mehrere Goldstücke glänzten, und er breitete das Alles vor den geblendeten Augen der Anwesenden aus. Er genoß seinen Triumph und beeilte sich nicht, das Metall den Rückweg in die Tasche antreten zu lassen, als eine Person, die geräuschlos eingetreten war, mit honigsüßer Stimme zu ihm sagte:

"Das ist ein schönes Stück Geld, Herr Hermann, von dem Sie keinen Nutzen ziehen; leihen Sie es mir und ich zahle Ihnen dafür die gesetzlichen Zinsen, gebe Ihnen auch noch außerdem Sicherheit, wenn Sie es verlangen."

Der, welcher so sprach, war ein kleiner, magerer, schwächlicher Mensch mit einem großen rothen Bart und lebhaften Augen, die aber durch lange, fahle Wimpern beschattet wurden. Sein Ton und sein Wesen war außerordentlich demüthig; in seinem Aeußern lag etwas Knechtisches, Kriechendes. Sein Anzug bestand aus einem langen blauen, an den Ellenbogen abgetragenen Ueberrocke, einer großen, gestreiften Weste und großen Reitstiefeln, in denen sich seine mageren Schenkel verloren. In der Hand hielt er eine Weidenruthe, eine nicht kostspielige Reitpeitsche, die er von dem Gebüsche am Wege abgeschnitten hatte, und unter einem Arme

trug er einen kleinen Lederkoffer. Man hätte glauben
können, einen armen Teufel zu sehen, der nicht alle
Tage zu Mittag aß, und der bettelhafte Ton seiner Worte
ließ vermuthen, daß diese elende Summe für ihn ein Ver=
mögen gewesen wäre. Die Landleute wurden indeß dadurch
nicht getäuscht, denn kaum hatten sie einen Blick auf den
Neuangekommenen gerichtet, als sie spöttisch lächelten und
ohne zu grüßen murmelten:

»Sieh' da, der Jude!«

Hermann selbst machte nicht viel mehr Umstände; er
antwortete durch ein leichtes Knopfnicken auf den tiefen
Gruß, den der Reisende an ihn wie an alle Umstehenden
richtete; dann steckte er die Handvoll Geld wieder in die
Tasche und entgegnete kalt:

»Ei, Vater Nathan, dem Rheine würde eher das
Wasser mangeln, als Ihnen das Geld. Setzen Sie sich;
Sie werden etwas genießen; ich bezahle. Ich erwarte Sie
schon seit langer Zeit; denn Sie haben sich heute verspätet.
Setzen Sie sich; wir haben von Geschäften zu sprechen;
vergessen Sie das nicht.«

Aber Nathan beeilte sich nicht, dieser Einladung zu
folgen. Unter den anwesenden Landleuten war eine bedeu=
tende Anzahl, mit denen er Geschäfte zu ordnen hatte. Im
Elsaß und in einem Theile von Lothringen werden die
meisten Verkäufe von Grund und Boden, von Lebensmit=
teln und Vieh durch die Vermittlung der Juden abge=
schlossen und es fehlte Herrn Nathan in dem Jochthale
nicht an Clienten. Der kleine Jude nahm daher auch an
der Seite Hermann's erst Platz, nachdem er den meisten

der Anwesenden einige Worte in das Ohr geflüstert, die Einen ausgezankt, den Anderen geschmeichelt hatte.

Er machte den Anfang damit, Zug auf Zug mehrere Gläser Bier zu trinken, dann ließ er sich Brod und Käse von Bruyère bringen und frühstückte mit einem lauten Geklapper der Kinnbacken. Endlich sagte er mit vollem Munde zu Hermann:

»Nun, mein Kleiner, ist er angekommen?«

»Er kam so eben; er ritt an dem Hause vorüber.«

»Und glauben Sie, er bringt —«

»Pah! Nichts bringt er; der Unglückliche ist ganz herunter und diesmal halten wir ihn.«

»Nun, dann werden wir das Eisen in das Feuer legen müssen!«

»Gewiß; Alles geht für unsere Pläne auf das Beste und ich hoffe, daß sie uns gelingen.«

Ihre Unterhaltung währte fort, aber so leise, daß man kein Wort verstehen konnte. Indeß schienen die beiden Redenden sich vollkommen mit einander zu verständigen und ihr Geflüster wurde öfters durch boshaftes Lächeln unterbrochen. Wenn man diese beiden Ränkemacher mit einander complotiren sah, diesen Abenteurer mit dem kecken Wesen, mit der gewandten Sprache, und den schmutzigen Wucherer mit den habgierigen Händen und dem tückischen Blicke, dann errieth man, daß aus dieser Verbindung nur Lügen, Bosheit und unbarmherzige Rache hervorgehen konnten.

Endlich erhob Nathan den Kopf und indem er sich zu dem Sohne des Gerichtsnotärs wendete, der an einem benachbarten Tische ein Glas Kirschwasser schlürfte, welches er der

Freigebigkeit Hermann's verdankte, rief er ihn durch ein freundschaftliches Zeichen zu sich.

»Herr Duclet, mein theures Kind,« sagte er mit süßlicher Stimme, »hätten Sie wohl die Güte, Ihren Herrn Vater zu bitten, er möchte die Gefälligkeit haben, ein Glas Bier mit uns zu trinken, wenn es ihm keine Störung verursachte? Es ist Hermann, der ihn einladet; nicht wahr, Sie laden ihn ein, Hermann?«

»Ihnen zu Befehl, Herr Nathan; aber mein Vater ist in seinem Arbeitscabinete sehr beschäftigt, und wenn es sich nur darum handelte, mit Ihnen Bier zu trinken —«

»Nun wohl, nun wohl!« entgegnete der Jude, indem er mit den Augen blinzelte, »da Ihr Herr Vater den Werth der Zeit so gut kennt, sagen Sie ihm, daß er eine Feder, Tinte und einige Bogen Stempelpapier mitbringen möchte; er könnte vielleicht dies Alles brauchen.«

»In diesem Falle werde ich ihn begleiten, Herr Nathan, denn ich bin sein erster Schreiber, wie Sie wissen.«

Duclet entfernte sich eilig, um seinen Vater zu holen.

»Dieser junge Mann wird vorwärtskommen,« sagte der Wucherer, indem er wohlgefällig lächelte; »er besitzt schon das, was ich den wahren Geist seines Standes nenne. Aber Sie sehen, Hermann, ich folge Ihren Rathschlägen, und bereite mich darauf vor, den guten Herrn Reber nicht mehr zu schonen!«

»Es muß sein, Vater Nathan; Niemand könnte dafür bürgen, daß nicht später irgend ein unerwarteter Umstand, eine Schwatzhaftigkeit —«

Er sprach den Gedanken nicht aus; der Notar

Duclet, der ohne Zweifel nicht weit entfernt gewesen war, trat in diesem Augenblicke in das Kaffeehaus, und bald befand er sich in einer wichtigen Conferenz mit den beiden Freunden.

Drittes Capitel.

Die Großmutter.

Die Wohnung Reber's lag an dem äußersten Ende des Dorfes, am Fuße eines sanft sich abdachenden Hügels, der sich an die umliegenden Berge anschloß. Es war eine Art von Sennhütte mit niedrigem und flachem Dache, ähnlich denen, wie sie bei den Wohngebäuden der Schweiz und des Jura üblich sind. Die Zugänge waren nach den Gewohnheiten des Landes ziemlich kothig, und die jungen Leute, welche auf Besuch zu den Fräulein Reber kamen, mußten durch diese Unreinlichkeit zurückgeschreckt werden, welche für ihre Galanterie eine schlechte Vorbedeutung war. Indeß die Nachbarschaft einiger Obstbäume und eines kleinen Weinberges, der sich an dem Abhange des Hügels hinaufzog, machten das Haus freundlich; der Bach, der in einiger Entfernung vorüberfloß, unterhielt in der Umgebung das Grün und die Frische. Das Pferd blieb von selbst vor dem Hauptthore des Pachthofes stehen. Als Reber den Fuß auf den Boden setzte, eilte ein großes und schönes junges Mädchen auf die Schwelle, um ihn zu empfangen, während von dem Fenster der äußersten Gallerie ein Vorhang gelüftet wurde, der ein anderes junges und reizendes

Gesicht sehen ließ, das aber blaß und abgemattet war und augenblicklich wieder verschwand. Die junge Person, welche Reber entgegenkam, war Julie, das älteste seiner Kinder. Julie war, wie wir sagten, groß und wohlgewachsen und ihre ganze Person zeigte die schönen Proportionen, die man bei unseren Elsasserinnen bewundert. Indeß hatte ihr Gesicht, welches von seltener Regelmäßigkeit war, jene leise gebräunte Farbe, welche die Frauen des Südens auszeichnet und ihre braunen, beinahe schwarzen Augen hätten einen südlichen Ursprung nicht Lügen gestraft, obgleich sie am Fuße der Vogesen geboren worden war; aber die Natur hat ihre Anomalien. Der Localcharakter zeigte sich in ihrem ganzen Wesen, so wie in der unwandelbaren Ruhe ihrer Physiognomie. Man hätte sie für kalt halten können, wenn die Personen, die mit ihr umgingen, nicht die Versicherung gegeben hätten, daß diese scheinbare Kälte einer Grundlage der Vernunft und der Melancholie entspränge, besonders aber einer übergroßen Zurückhaltung. Obgleich sie in einfache und nicht kostspielige Stoffe gekleidet war, erinnerte ihr Anzug durch nichts an die Landestracht; ihr Kleid von Indienne war nach der Mode geschnitten, ihr Haar mit Geschmack geordnet, trotz der weiblichen Ueberlieferungen Lothringens und des Elsasses. Sie besaß eine Auszeichnung, die weit von dem gewöhnlichen bäuerischen Wesen der Landleute entfernt war und die mit ihrer gegenwärtigen bescheidenen Lage im Widerspruche stand. — Die Töchter Reber's hatten in der That nicht ihr ganzes Leben in diesem abgelegenen Flecken zugebracht; sie hatten sich auf entsprechende Weise nach den Gewohnheiten und den viel raffinirteren Begriffen der Städter

bilden können. Ihre Mutter, die gut erzogen war und
aus einer geachteten Bürgerfamilie stammte, hatte sie in
ihrer Kindheit zu einer ihrer Tanten nach Straßburg ge=
schickt, wo sie eine hinreichende Erziehung erhielten, und
nur bei dem drei oder vier Jahre früher erfolgten Tode
ihrer Mutter waren sie nach dem Jochthale zurückgerufen
worden, um das Hauswesen zu führen, und ihre kranke
Großmutter zu pflegen, die bald darauf in kindischen Zu=
stand verfiel. Julie und Kretle hatten daher auch, während
sie sich den Arbeiten guter Hausfrauen in dem väterlichen
Hause überließen, das feinere Wesen und die gewähltere
Kleidung, so wie die Sprache der größeren Mittelpuncte
der Bevölkerung beibehalten. Diese Ueberlegenheit hatte
ihnen viele Neider und besonders viele Neiderinnen zuge=
zogen; man nannte sie die „Fräulein« und diese schein=
bar achtungsvolle Benennung drückte bei gewissen Per=
sonen mehr Ironie, Neid und Uebelwollen aus, als die
tödtlichsten Beleidigungen. — Der Empfang, den das
junge Mädchen ihrem Vater gewährte, hätte beweisen
können, wie wenig Eintrag ihre gewöhnliche Kälte der
Güte ihres Herzens that. Sobald sie ihren Vater erblickte,
überflog eine leise Röthe ihr Gesicht und ein Lächeln des
Glückes öffnete ein wenig ihren mit Perlenzähnen geschmück=
ten Mund. Sie hing sich an den Hals des Pächters und
überhäufte ihn mit Liebkosungen, indem sie mit Thränen
in den Augen sagte:

„Guten Tag, mein Vater, mein vortrefflicher Vater!
— Wie glücklich ich über deine Rückkehr bin! — Hast Du
eine gute Reise gehabt?«

Reber drückte zuerst zwei oder drei Küsse auf die Wan=
gen seiner Tochter.

»Guten Tag! Guten Tag, Julie!« sagte er herzlich;
»Du bist ein braves Kind — Du! — Aber der Tausend!
fuhr er fort, indem er plötzlich den Ton veränderte, »hat
sich denn alle Welt das Wort gegeben, mich durch die
Frage zu martern, ob ich eine glückliche Reise gemacht
habe? — Zum Teufel die Reise! — Das ist Alles!«

Julie war betäubt durch diesen Ausfall; aber da der
Knecht sich näherte, um das Pferd zu nehmen, fügte Reber
sanfter hinzu:

»Wenn Du damit sagen willst, daß ich gesund nach
Haus komme, so hast Du Recht, theure Kleine; das ist
Alles, was ich Gutes mitbringe. — Du, Philipp,« fuhr
er fort, indem er elsässisch zu dem Knechte sprach, »führe
Coco in den Stall und pflege ihn auf das Beste, denn ich
hatte üble Laune und habe das arme Thier vielleicht miß=
handelt.«

»Ei, Herr, es hat ja so zu sagen ein Eisen verloren!
Soll ich es nicht erst zu dem Schmied bringen?«

»Wozu? Es wird vielleicht längere Zeit vergehen,
bevor ich mich seiner wieder bediene, und seine Herren
werden es dann beschlagen lassen, wenn sie Lust dazu ha=
ben; was mich betrifft, so wünsche ich ihnen, daß sie, wenn
sie es das erste Mal besteigen —«

»Vater,« fiel ihm Julie mit flehendem Tone in das
Wort, indem sie auf den Knecht deutete.

»Nun gut! Wozu? Philipp wird eben so wie die
Anderen jetzt bald die Wahrheit erfahren. — Am Ende
der Grube der Sturz; — ▓▓▓▓kümmert es wenig, wer

das hört! — Aber thu', was Du willst,« sagte er zu dem Knechte, »und laß mich in Ruhe.«

Er ließ sich durch Julie fortziehen und sie traten in das Gemach, in welchem die Familie sich gewöhnlich versammelte. Dieses Zimmer war durch einen gewaltigen irdenen Ofen merkwürdig, welcher im Winter das ganze Haus heizen mußte. Die Möbel waren einfach, aber mit einer Sauberkeit gehalten, welche die Zugänge zu dem Hause nicht erwarten ließen; die Reinlichkeit scheint in vielen französischen Provinzen noch eine reinhäusliche Eigenschaft zu sein. — Neber warf seinen Mantel auf einen Stuhl und setzte sich zerstreut auf einen andern. Er blieb nachdenkend und niedergeschlagen sitzen, beide Hände auf die Knie gelegt. Julie sagte schüchtern zu ihm:

»Lieber Vater, Du bist müde und wirst einiger Nahrung bedürfen; ich hatte ein Frühstück für Dich bereitet und wenn Du erlaubst —«

»Pah! Ich habe auch wohl die Zeit zu essen! Es fehlt diesen Morgen nicht an Geschäften, die ich an das Licht ziehen will, und mich verlangt darnach, die Frist zu benützen, die man mir noch läßt. — Quäle mich nicht, ich habe keinen Hunger.«

Julie entgegnete nichts, aber sie ordnete das Frühstück auf einem kleinen lahmen Tische, den sie fertig gedeckt zu Neber heranschob. Ihre Ausdauer wurde belohnt; der Pächter folgte der Macht der Gewohnheit und aß schweigend, vielleicht ohne Bewußtsein seiner Handlung. Julie sprach dann, um seine finstern Gedanken zu zerstreuen, von den Neuigkeiten der Gegend, von den Angelegenheiten des Pachthofes, wobei sie jede Sorge trug, jede Anspielung auf die gegenwärtige Lage zu vermeiden. Endlich aber wagte sie seufzend zu fragen:

»Vater, so bringst Du also nichts mit, um den unerbittlichen Gläubiger zu beschwichtigen, der heute kommen soll?«

Sie wurde erschreckt durch die Wirkung, welche diese Frage bei Reber hervorbrachte. Er stieß den Tisch heftig von sich und rief bebend vor Schmerz und Zorn:

»Ich bringe nichts mit, nichts! Glaubtest Du denn, daß ich etwas bringen würde? Ich habe mich zunächst an unsern Vetter Loret gewendet, der so reich ist. Pah! Das gab endlose Jeremiaden; er sagte, er wäre unglücklicher als ich; beinahe gezwungen, Almosen zu erbitten; ich sah schon den Augenblick kommen, wo ich den Geldbeutel ziehen würde, um ihm fünf Francs anzubieten, damit er nur zu Mittag essen könnte. Meine Freunde Leroux und Goodrich haben ein anderes Spiel gespielt; der Eine hat sich versteckt, als er mich kommen sah, und der Andere hat mich geschmäht und behauptet, daß meine Töchter mich durch ihre Coketterie zu Grunde richten; die Geschichte endigte mit Faustschlägen. Ich habe ihm welche gegeben! An meiner Sache verzweifelnd, wendete ich mich an die Juden, aber die Wölfe fressen einander nicht; als die Juden erfuhren, daß es Nathan sei, der mich verfolgte, wollten sie einem ihrer Religionsgenossen nicht in den Weg treten, um so mehr, da ich nicht genügende Sicherheit bieten konnte. Kurz, ich komme wieder, wie ich gegangen bin, aber wüthend und entschlossen, die Sachen auf das Aeußerste zu treiben, damit Alles bald auf eine oder die andere Weise zu Ende kom...

»Guter Gott, was denkst Du denn zu thun?«

»Zunächst muß ich meine Familienangelegenheiten ordnen, um auf jedes Ereigniß gefaßt zu sein. Um damit den Anfang zu machen, werde ich mit deiner Großmutter sprechen. Ich will endlich wissen, wo diese alte Närrin die dreißigtausend Francs versteckt hat, die sie in Banknoten vor zwei Jahren empfing, als sie ihren Verstand noch ein wenig hatte. Diese Summe würde mich nicht nur aus Nathans Krallen reißen, sondern mir auch möglich machen, meine Besitzung wieder auf einen guten Fuß zu bringen. Mama Dietrich, welche seit jener Zeit ihre Stube kaum verlassen hat, die nichts auszugeben braucht, die wir Tag und Nacht überwachen, muß zuverlässig das Geld in irgend einem Winkel verborgen haben, wie sie das mit Allem thut, was ihr in die Hände kommt. Sie ist eine wahre diebische Elster, die uns vom Morgen bis zum Abend schlechte Streiche spielt. Vergebens habe ich das Haus und den Garten durchsucht, ich fand nichts! Die verwünschte Alte besinnt sich auf nichts und versteht nicht, was man ihr sagt. Aber Du, Kleine, hast Du neue Nachsuchungen angestellt, wie Du es mir versprachst?«

»Ja, Vater, aber eben so nutzlos wie Du. Ich habe von dem Keller bis zum Boden alle Verstecke durchsucht, in denen Großmama Dietrich gewöhnlich das zu verbergen pflegt, was sie hie und da wegnimmt. Ich weiß nicht, was aus dieser Summe geworden sein kann.«

»Sie muß es endlich sagen!«

»Aber, Vater, da sie das Gedächtniß gänzlich verloren hat —«

»Sie findet es in gewissen Augenblicken sehr gut wieder; es liegt zuverlässig in ihr eben so viel Bosheit und Verschlagenheit als Stumpfsinn. Ich kenne sie von lange her! Sie ist stets egoistisch und boshaft gewesen und hat deiner armen Mutter viele Thränen erpreßt. Diesmal aber werde ich die Wahrheit erfahren.«

»Vater, bedenke doch — sie ist so alt!«

»Sähest Du lieber, daß wir Alle aus dem Hause getrieben würden und Almosen erbetteln müßten? Sie wird sich heute aussprechen oder nie! Ja, ja, ich will mit der Alten den Anfang machen; dann kommt die Reihe an die Andere — die Junge.«

Er stand entschlossen auf. Die letzten Worte schienen Julie sehr zu erschrecken.

»Ich dachte,« sagte sie, »daß dein Kummer Dich nachsichtig gegen meine unglückliche Schwester gemacht hätte. Da Du bei deiner Ankunft nicht von ihr sprachst, hoffte ich, Du wärest geneigt, ihr zu verzeihen, wenigstens aber zu vergessen!«

»Ihr verzeihen? Vergessen? Man wird bald sehen, ob ich vergesse! Heute läuft die Frist ab, die ich ihr gewährt habe; wehe ihr, wenn sie dabei beharrt, mir zu verbergen, was ich wissen will! Ohne Zweifel hat sie Dir während meiner Abwesenheit kein Geständniß abgelegt, obgleich Du für gewöhnlich ihre Vertraute bist?«

»Keines!« entgegnete Julie, indem sie die Augen senkte; »sie ist gegen mich stumm wie gegen alle Welt, aber dennoch flehe ich Dich an, gegen sie nachsichtig und gut zu sein!«

»Still! Ich bedarf in diesem Augenblicke meiner Kalt-

blütigkeit, um den alten Trotzkopf zu befragen. Sie ist ohne
Zweifel in ihrer Stube?«

„Ja, Vater; wenn Du es erlaubst, so vereinige ich
meine Vorstellungen mit den deinigen.“

„Es sei! Die Großmutter empfindet für Dich so viel
Zuneigung, wie nur Geschöpfe ihrer Art überhaupt
empfinden können, und zuweilen hört sie auf Dich. Zu
Zweien kommen wir vielleicht zum Zwecke!«

Ehe Julie ihm folgte, wendete sie sich gegen eine
halb geöffnete Thür an der entgegengesetzten Seite und
machte ein flüchtiges Zeichen der Ermuthigung; aber sie
fürchtete bemerkt zu werden, beeilte sich, ihren Vater zu
erreichen und beide traten in das Gemach der Großmutter.

Diese Stube, in der man ebenfalls die sorgfältigste
Reinlichkeit zu erhalten suchte, war überfüllt mit Möbeln,
die vor zwanzig oder dreißig Jahren vielleicht luxuriös
gewesen waren, sich aber, ungeachtet verschiedener
Ausbesserungen, jetzt in einem Zustande vollständigen Ver-
falles befanden. Ihre Besitzerin schien sie indeß noch so
zu erblicken, wie sie in dem Glanze ihrer Jugend gewesen
waren und sie zeigte sich darauf eitel und stolz. Man hatte
die Fenster wegen des scharfen Windes geschlossen, der
von den Bergen herabkam, und dichte Vorhänge ließen nur
ein geschwächtes Tageslicht in das Zimmer dringen.

Die Herrin des Ortes saß in einem großen, mit gel-
ben Utrechter Sammt überzogenen Armsessel, der mit Dau-
nen ausgestopft war. Sie zählte über achtzig Jahre und ihr
gekrümmter Rücken, ihr kupfriger Teint, ihre spitze Nase,
ihr zahnloser Mund verläugneten dies Alter nicht. Indeß
verriethen ihre Kleidung und ihr Wesen lächerliche An-

sprüche. Eine sorgfältig gelockte, blonde Haartour umschloß ihr Gesicht, welches von einer faltigen Gazehaube überragt wurde, die mit grellfarbigen Bändern geschmückt war. Ihr abgetragener Shawl war mit einer Gesuchtheit drapirt, welche Anspruch auf Eleganz machte; ihre Manschetten und ihr Kragen verriethen noch Neigung zur Coketterie. Vor ihr stand ein kleiner, sehr reichlich mit chinesischem Lack verzierter Tisch, den sie regelmäßig umwarf, so oft sie aufstand oder sich setzte, und auf diesem Tische lag ein altes, abgegriffenes und zerrissenes Buch, aus welchem die Großmutter, die Hornbrille auf die Nase gequetscht, ihre gewöhnliche Beschäftigung machte, dies Buch war ein Band von Pigault=Lebrün. Seit mehreren Jahren durchlas Madame Dietrich dasselbe Buch und sie fing entschlossen von vorn wieder an, wenn sie es bis zu Ende gelesen. Denn sie hatte dann den Inhalt vollständig wieder vergessen.

Die Geschichte der Madame Dietrich konnte keine lebhafte Sympathie für sie einflößen.

Schön und gesucht in ihrer Jugend, hatte sie zwei Männer gehabt, von denen der erste unter der Republik Kriegscommissär gewesen war. Längere Zeit hatte sie in Paris und Straßburg, wohin sie sich später zurückzog, ein glänzendes Leben auf großem Fuß geführt; aber nirgends wußte sie sich die Achtung der Ehrenhaften zu gewinnen. Im Gegentheil hatten ihre Galanterien, ihre Verschwendung, ihr empörender Egoismus ihr allgemeinen Unwillen zugezogen. Ihr Betragen war besonders abscheulich gegen ihre einzige Tochter Magdalena, die Mutter Juliens und Kretle's. Eifersüchtig auf die Schönheit Magdalenens, hatte diese herzlose Frau ihr nur Widerwillen gezeigt und sie

stets von sich fern gehalten. Magdalena, welcher ihre Mut=
ter, die damals reich war, eine Mitgift verweigerte, fühlte
sich daher sehr glücklich, Reber zu heiraten, der zwar
von niedrigem Stande war, sie jedoch trotz seines bäueri=
schen Wesens durch seine aufrichtige Liebe wahrhaft glück=
lich machte. Madame Dietrich ihrerseits war nicht bös
darüber gewesen, sich einer Tochter zu entledigen, deren
Schönheit und Tugenden eine Art Beschämung für sie waren;
aber sie erröthete darüber, einen Mann wie Reber zum
Schwiegersohn zu haben, und brach bald jeden Verkehr
mit den beiden Gatten ab.

Mehrere Jahre verflossen und die Zeit, welche so viele
Dinge ändert, schien endlich auch das Herz der alten Co=
kette zu verändern. Sie war alt; man sagte, sie sei zu
Grunde gerichtet; der Luxus und die Liebhaber waren
schon längst verschwunden. Eines Tages lief ein Brief
in dem friedlichen Hause des Jochthales ein; Ma=
dame Dietrich erkannte ihr Unrecht gegen die, welche
sie zum ersten Male ihre Kinder nannte; sie war
leidend, fühlte sich vereinsamt und erbat für das Ende ihrer
Tage ein Asyl in dem Pachthofe. Die Gatten Reber ver=
kannten bei dieser Sachlage ihre Pflicht nicht; sie vergaßen
ihre gerechten Klagen und nahmen ihre Mutter auf, als ob
sie stets zärtlich und großmüthig gegen sie gewesen wäre.
Man forderte von ihr niemals Rechenschaft über die Ver=
gangenheit, trieb das Zartgefühl so weit, sie nicht einmal
danach zu fragen, welchen Gebrauch sie von ihrem ehemals
beträchtlichen Vermögen gemacht hätte; man that, als be=
merkte man nicht, daß sie noch Hilfsquellen besaß, und den=
noch mußte die Familie sich oft Entbehrungen auferlegen.

Seit länger als zwölf Jahren hatte das edle Benehmen sich niemals verläugnet und als die arme Magdalena wenige Jahre vor dem Beginn dieser Erzählung starb, setzten ihre Töchter das fromme Werk der Hingebung für die Groß= mutter fort. — Das war also die Vergangenheit der alten Frau, welche jetzt mit Lesen beschäftigt zu sein schien; die Gelegenheit war günstig, um sie anzureden, denn sie zeigte sich nur selten so ruhig. Für gewöhnlich ging sie, in allen Ecken des Zimmers umhertastend, darin auf und nieder, indem sie unverständliche Worte murmelte. Oft, wenn die Thür offen stand, durchlief sie eben so das ganze Haus, rührte Alles an und brummte ohne irgend einen Grund. Nur selten verschwand nicht in Folge dieser Währwolfs= wanderungen irgend ein werthvoller oder glänzender Ge= genstand, den man dann stets an solchen Orten wieder fand, wo man ihn am wenigsten gesucht hätte. Wenn man der Großmutter darüber Vorwürfe machte, versicherte sie voll Bitterkeit, sie wüßte nicht, was man sagen wollte, und in der That war sie häufig die Erste, welche sich über das Ver= schwinden der Dinge beklagte, die sie so gut versteckt hatte.— Reber faßte daher einige Hoffnung, als er die alte Frau so ruhig sah; aber diese Hoffnung währte nicht lange. Ma= dame Dietrich hatte sich bei dem Geräusch umgedreht und die Hand über die Augen gelegt, um besser zu sehen; dann warf sie, ihrer unwandelbaren Gewohnheit nach, das Tisch= chen um, stand auf, machte eine achtungsvolle Verbeugung und sagte mit ihrer krächzenden Stimme:

»Treten Sie ein, mein Herr und meine Dame, hoch= erfreut, Sie zu sehen. Ich empfange in diesem verwünsch=

ten Lande so selten Visiten. Es ist für mich ein wahres
Glück."

Reber blieb entmuthigt stehen.

»Sie erkennt uns nicht!« sagte er.

»Die Stube ist so dunkel,« entgegnete Julie, »und
Großmutter hat so schlechte Augen.«

Dann eilte sie zu der Alten und sagte sanft:

»Nun, Großmama, woran denken Sie denn? Sie empfangen ja keine Visiten! Sie glauben noch immer in Paris
oder Straßburg zu sein, wo Sie viele Menschen bei sich sahen. Wir sind es, Ihr Schwiegersohn und Ihre Enkelin,
und Sie brauchen sich nicht stören zu lassen.«

Sie hob das Tischchen auf und die Großmutter beeilte sich es wieder umzuwerfen, indem sie sich setzte.

»Meine Enkelin?« wiederholte sie nachdenkend. »Ja,
ja, das Kind muß meine Enkelin sein, denn es verläßt mich
nicht; und es ist auch eine Andere da, die sich um mich beschäftigt. Aber wer ist denn hier mein Schwiegersohn?«

Der Pächter verlor die Geduld.

»Nun, Madame Dietrich, für wen zum Teufel halten Sie denn mich?«

Wenn die Großmutter die Züge ihres Schwiegersoh-
nes nicht erkannte, so war ihr dafür seine Stimme sehr bekannt, denn der strenge Ton derselben verfehlte niemals hinter ihr zu erklingen, wenn sie irgend etwas Unrechtes begangen hatte. Sie wurde plötzlich demüthig.

»Sie, mein Schwiegersohn?« entgegnete sie sanft,
»das ist übrigens wohl möglich, denn mein armes Gedächtniß fängt an sich zu verlieren. Aber ich bitte Sie, zanken
Sie mich nicht aus — ich beleidige Niemanden! Mein Gott,

ich lese ja da ganz ruhig einen Roman. Sollte ich wirklich wieder eine Dummheit begangen haben?«

Madame Dietrich war ihrer nicht ganz gewiß, wie man sieht; aber Reber unterhielt sich nicht damit, sie zu beruhigen.

»Lassen wir das, Großmama,« sagte er mit ernster Stimme, indem er vor ihr Platz nahm, »und suchen Sie Ihre Gedanken zu sammeln, um mich zu verstehen, denn es handelt sich um Dinge von der höchsten Wichtigkeit. Es handelt sich um die Ehre, selbst um die Existenz Ihrer Familie. Nun, haben Sie mich verstanden?«

»Gewiß, gewiß, aber ich gebe Ihnen die Versicherung, daß ich nichts gethan habe; ich bin so unschuldig wie ein neugebornes Kind.«

»Ein Kind? Sie glauben nicht so ganz die Wahrheit zu sagen!« entgegnete Reber voll Bitterkeit; »und doch verlieren wir keine Zeit. Sie müssen wissen, Mutter, daß ich in Folge unglücklicher Umstände vollkommen zu Grunde gerichtet bin. Wenn mir Niemand zu Hilfe kommt, sind wir, ich, meine Töchter und Sie selbst, gezwungen, zu betteln; wir verhungern Alle. Ist das deutlich?«

Diese fürchterliche Mittheilung machte auf die Alte nicht den erwarteten Eindruck.

»Ich bin es nicht gewesen, welche die silberplattirten Leuchter genommen hat,« erwiederte sie. »Ein Dieb ist gekommen und hat sie gestohlen. Konnte ich mich ihm widersetzen, ich arme alte Frau?«

Julie warf einen Blick auf den Caminsims.

»Es ist wahr, die plattirten Leuchter stehen nicht

mehr an ihrem Plaße,« sagte sie halblaut. »Ich wette, daß
sie sie wieder zwischen ihren Matraßen versteckt hat!«

»Zu allen Teufeln mit den Leuchtern!« rief
Reber, indem er mit dem Fuße stampfte. »Wer beküm-
mert sich denn um solche Läppereien! Madame Dietrich,
wenn mein Kummer und der meiner Kinder Sie nicht
rührt, so denken Sie wenigstens an sich selbst. Man
wird diese alten Möbel verkaufen, die Ueberbleibsel Ihres
ehemaligen Reichthums, an denen Sie so sehr hängen; man
wird Sie aus diesem Zimmer vertreiben und Sie müssen
ein Asyl suchen, ich weiß nicht wo. Sie kennen den Wohl-
stand nicht mehr; Sie werden vielleicht Hunger und Frost
ertragen müssen. Verstehen Sie mich? Verstehen Sie mich
recht? Ich spreche mich doch deutlich genug aus!«

Diesmal schien die Großmutter einen unbestimmten
Begriff von der Wirklichkeit zu bekommen; sie richtete sich
empor und entgegnete mit stolzem Tone:

»Meine Möbel verkaufen! Mich fortjagen! Mich des
Nothwendigen berauben! Wer hätte dazu die Macht? Bin
ich nicht meine eigene Herrin?«

»Recht schön! Das ist doch endlich etwas, das den
Schein von gesunder Vernunft hat. Nun, gute Mama
Dietrich, können Sie mir zu Hilfe kommen?«

»Ich werde Sie gern den einflußreichen Personen
meiner Bekanntschaft empfehlen, und — —«

»Empfehlen Sie mich Niemand und ziehen Sie mich
selbst aus der Verlegenheit, das ist mir lieber; ich würde
Ihnen dafür ewig dankbar sein und Sie retten uns Alle.
Hören Sie: Man sagt, Sie hätten noch Geld gehabt, als
Sie vor zehn oder zwölf Jahren zu uns zogen; ich weiß

davon nichts, denn Magdalene und ich waren zu zart-
fühlend, um Sie darnach zu fragen. Aber es ist gewiß, daß
Sie vor etwa drei Jahren von Herrn Marais, dem Notar
des Jochthales, dreißigtausend Francs empfingen, die von
Ihrem Witthume herrührten. Diese Summe wollte ich
Ihnen nicht aufheben, obgleich Ihr Verstand damals schon
wallkend zu werden anfing; jetzt zwingt das Unglück mich,
das Geld von Ihnen zu verlangen, ohne welches ich für
immer zu Grunde gerichtet bin. Was haben Sie damit gemacht? Man findet es nicht mehr. Sie haben es weder
ausgegeben noch verlieren können; wo haben Sie es also
versteckt? Ich bitte Sie, denken Sie nach; suchen Sie in
Ihrem Gedächtniß. Dreißigtausend Francs in Banknoten,
die nehmen nicht viel Platz ein; wo haben Sie sie hingethan? Sie müssen sie finden, noch heute, augenblicklich oder
das Unglück kommt über uns.«

Die Alte schien ihren Kopf anzustrengen; bald aber
wurde ihr dies zu mühsam und sie sagte ungeduldig:

»Ich habe kein Geld; wenden Sie sich an meine Geschäftsleute, lassen Sie mich!«

»Aber zum Henker,« rief der Pächter, »so bedenken
Sie doch, daß Sie schon seit länger als zwanzig Jahren
keine Geschäftsleute mehr haben! Sie erinnern sich so gut
an das, was in Ihrer Jugend geschehen ist; können Sie
sich nicht auch auf das besinnen, was erst so kurze Zeit
her ist? Nun, sprechen Sie!«

»Ich erinnere mich nicht,« sagte Madame Dietrich
mit einfältigem Wesen; »ich habe kein Geld! Man hat mir
Alles genommen!«

»Wer denn?«

»Ich weiß es nicht.«

»Machen Sie das Anderen weiß,« schrie Reber wüthend. »Nun wohl, da Sie die Stimme der Vernunft nicht hören wollen, werde ich befehlen. Sie haben nicht das Recht, Ihre Familie dieser bedeutenden Summe zu berauben und in Ihrem eigenen Interesse gebiete ich Ihnen, mir zu sagen, wo Sie dieselbe verborgen haben!«

»Mein Vater!«

»Laß mich! Sie kann uns Alle retten, indem sie sich selbst rettet. Werden Sie endlich sprechen, Sie Mutter ohne Herz und Seele? Noch einmal: Was ist aus dem Gelde geworden?«

Der fürchterliche Ton Reber's hatte die mißliche Folge, Madame Dietrich mit Schrecken zu erfüllen. Sie drückte sich in ihren Armsessel und sagte kindisch:

»Ich habe nichts gethan! Mißhandeln Sie mich nicht!«

Der Pächter warf sich auf einen Sessel, nahm seinen Kopf in die Hände und schäumte vor Schmerz, Ungeduld und Wuth.

Julie sagte schüchtern:

»Vater, auf diese Weise wirst Du nichts von ihr erlangen. Die Furcht lähmt ihren Verstand. Laß mich einen Versuch machen.«

»Versuche!« sagte Reber niedergeschlagen, »aber wie kann man mit einer zerbrochenen Violine Musik machen? Es ist um eben so verrückt zu werden wie sie!«

Julie bat ihn, stumm zu bleiben und sich nicht zu rühren. Sie selbst wartete einige Augenblicke; als sie dann sah, daß die runzligen Züge der Madame Dietrich ihre gewöhnliche Ruhe wieder annahmen, ein ſicheres Zeichen, daß ſie den eben ſtattgefundenen Auftritt ſchon vergeſſen hatte, fragte ſie mit ſchmeichelndem Tone:

»Großmama, weshalb zeigen Sie mir denn nicht das ſchöne Miniaturbild, das Sie in dem Alter von zwan= zig Jahren darſtellt? Wiſſen Sie wohl, daß Sie da ſehr hübſch waren?«

Ein Lächeln umſpielte die welken Lippen der Ma= dame Dietrich.

»Hübſch? Ja, ich war hübſch!« brummelte ſie, mit den Augen blinzelnd. »Was das Porträt betrifft, ſo muß es dort ſein — da — ich habe es irgendwo hingethan. — Ich werde es Dir zeigen, wenn ich es finde.«

»Obgleich es ſchon vor längerer Zeit gemalt iſt, er= kennt man Sie darauf dennoch ſehr gut wieder. Sie ſehen vornehm, edel aus. Ich wette, wenn Sie gewollt hätten, ſo würden Sie Gelegenheit gefunden haben, ſich wieder zu verheiraten.«

Julie ſchien nicht den gradeſten Weg einzuſchlagen, um an ihr Ziel zu gelangen, und Reber rückte auf ſeinem Stuhle hin und her. Das junge Mädchen machte ihm ein bittendes Zeichen, um ihn zur Geduld zu ermahnen. — Die Großmutter, welche durch dieſe ſchmeichelhaften Fra= gen angenehm berührt wurde, wiegte wohlgefällig den Kopf.

»Mich wieder verheiraten!« wiederholte ſie. »Und weshalb ſollte ich das nicht thun? Es iſt noch nicht lange her, daß ſich ein Anbeter fand. — Ja, ja, ich hatte einen, zweie, — ich weiß nicht mehr wie viele!«

»Weshalb nicht ein ganzes Regiment!« brummte Reber zwiſchen den Zähnen.

Julie bat ihn wieder, zu schweigen.

„Also, Großmama, denken Sie noch immer an das Heiraten?" fuhr sie mit schmeichelndem Tone fort. „Ei, sieh' doch! Aber um zu heiraten, bedarf es einer Mitgift, und Sie haben keine, darauf wette ich!"

„Ei, was weißt Du davon?" sagte die Alte geziert.

Reber fing an die Absicht seiner Tochter zu errathen, und er dachte nicht mehr daran, sie zu unterbrechen.

„Sie, eine Mitgift?" sagte Julie, indem sie die größte Ungläubigkeit erheuchelte. „Gehen Sie doch, Großmama. Sie wollen sich über mich lustig machen. Schon seit langer Zeit haben Sie kein Geld mehr zu Ihrer Disposition."

„Glaubst Du das? Und ohne von dem Uebrigen zu sprechen, würden nicht die dreißigtausend Francs in Banknoten hinreichen, um sich auf dem Lande zu verheiraten?"

Julie wechselte einen Blick mit ihrem Vater.

„Hören Sie, Großmama," sagte sie mit leichtfertigem Tone, „Sie machen sich wieder über mich lustig und das ist nicht recht. — Diese Banknoten haben Sie verloren, verbrannt; was weiß ich! Kurz, sie sind nicht zu finden."

„Man wird sie finden," sagte die Großmutter kichernd.

„Schön! Sie prahlen damit, denn Sie haben ein schlechtes Gedächtniß und es wird Ihnen niemals gelingen, das Geld wiederzufinden. Glauben Sie aber, daß Jemand, der Sie heiraten will, sich mit in die Luft gesprochenen Worten, mit einem unbestimmten Versprechen begnügen wird? Es ist jetzt nicht mehr so wie ehemals! Wer heiraten

will, verlangt klingende Münze und armе Mädchen haben
nicht viel Aussicht, ihre eigene Wirthschaft zu begründen.«

»Ta, ta, ta, ta; Du bist eine kleine Närrin. Willst
Du mich denn belehren, wie man sich benehmen muß? —
Mein Zukünftiger wird meine Mitgift sehen, dafür stehe
ich Dir.«

Reber hielt sich nicht mehr.

»Ei, zum Henker,« rief er heftig, »weshalb zeigen Sie
sie dann mir nicht?«

Der Klang dieser gefürchteten Stimme verfehlte seine
gewöhnliche Wirkung nicht. Madame Dietrich drückte sich
in ihren Armsessel und stammelte:

»Ich — ich habe nichts gethan! Zanken Sie mich
nicht aus!«

»Vater, Du hast Alles verdorben,« sagte Julie
seufzend; »nun bringen wir heute nichts mehr aus ihr
heraus!«

»Du hast Recht, fürchte ich,« sagte Reber etwas be=
schämt. »Aber ich konnte mein kaltes Blut nicht bewahren,
als ich sah, daß diese alte Mumie noch Heiratspläne
machte. Sprich indeß wieder zu ihr, meine Tochter; suche
ihr die Wahrheit zu entreißen. Ich verspreche Dir, daß
ich Dich diesmal nicht wieder unterbrechen werde.«

»Es ist nutzlos; ihr Geist ist ermüdet. Seit langer
Zeit schon hat sie kein so anhaltendes Gespräch geführt,
ohne irre zu reden; das kam daher, weil der Gegenstand
nach ihrem Geschmack war. Uebrigens ist sie jetzt auch auf
ihrer Hut und wir dürfen nicht erwarten, daß ihre Ge=
danken schon die Zeit gehabt haben, sich zu sammeln.«

»Ach, können wir denn warten? — Der Jude wird

bald kommen! — Noch eine Anstrengung, meine Tochter!
Ich beschwöre Dich!«

Julie willigte aus Gefälligkeit für ihren Vater ein,
obgleich sie von einem neuen Versuche nichts erwartete.
Nach einer längeren Pause nahm sie mit freundlichem Tone
wieder das Wort, indem sie sich zu ihrer Großmutter
beugte:

»Nun, Großmütterchen, ist es denn wahr, daß wir
bald auf Ihrer Hochzeit tanzen werden?«

»Auf meiner Hochzeit, Kleine?« entgegnete kalt Madame Dietrich. »Was sagst Du denn da? Verheiratet man
sich denn in meinem Alter? Das thut man in dem deinigen!«

»Weshalb haben Sie sich aber dann eine Mitgift
erspart?«

»Eine Mitgift! Ich? Guter Gott, wo sollte ich die
hernehmen? Ich bin eine arme alte Frau, die ihrer Familie zur Last fällt, wie ich sehr fürchte.«

»Aber Sie sagten mir doch so eben —«

»Ich? Habe ich etwas gesagt?« entgegnete die Alte,
die noch immer auf der Lauer war. »Man darf sich nicht
zu sehr auf mein Geschwätz verlassen, siehst Du, denn es
gibt Augenblicke, in denen mein Gedächtniß — Ich hoffe
aber doch, daß ich nichts Unrechtes gesagt habe?«

Offenbar erfüllte sich Julie's Furcht und Madame
Dietrich war nicht mehr in ihrer vertrauensvollen Laune.

»Laß sie!« sagte Reber entmuthigt. »Es ist ganz entschieden nichts mehr aus ihr heraus zu bringen. Bis zu
ihrem letzten Tage wird sie sicher uns ein Gegenstand des
Kummers sein. Ich gehe! Bleibe Du noch bei ihr und er-

finde irgend ein Mittel, ihr die Zunge zu lösen; ich ver=
lasse mich ganz auf Dich, denn das unschuldigste junge
Mädchen versteht sich ganz entschieden besser darauf, die
Menschen zur Beichte zu bringen, wie der verschlagenste
Mann!«

Julie lächelte über dies sonderbare Lob; aber so=
gleich wieder ihren melancholischen Ausdruck annehmend
sagte sie:

»Vater, es gibt eine Person, die den Charakter
Großmama's besser kennt und viel gewandter sein würde
als ich, ihr Geheimniß zu erforschen.«

»Wer denn, mein Kind?«

»Es ist — aber werde nicht bös — es ist meine arme
Schwester.«

»Sprich mir nicht von der!« rief der Pächter heftig.
»Ich brauche ihre Dienste nicht; lieber verliere ich dies
Geld, als daß ich es der Vermittlung dieses Geschöpfes
verdanke. — Aber Du erinnerst mich daran, daß ihre Reihe
gekommen ist; ich muß mit ihr eine kleine Unterredung
haben!«

»Vater, ich beschwöre Dich, erlaube mir, Dich zu be=
gleiten!«

»Bleibe bei der Großmutter; ich muß der Andern
Dinge sagen, die ein rechtschaffenes junges Mädchen, wie
Du bist, nicht hören darf.«

»Wenigstens sei nachsichtig gegen sie!« sagte Julie,
indem sie sich an den Hals ihres Vaters hing und ihn um=
armte. »Sie ist dein jüngstes Kind, sie war der Liebling
unserer vortrefflichen Mutter, die Du so sehr liebtest; aus
Barmherzigkeit vergiß das nicht! Es liegt in dem Unglück

der armen Kretle ein Geheimniß, das ich nicht begreife, aber ich bin überzeugt, daß sie weniger strafbar ist, als sie zu sein scheint. Sei gut gegen sie, darum flehe ich Dich mit aufgehobenen Händen — —"

"Wir wollen sehen! Laß mich!" entgegnete Reber, unwillkürlich ergriffen durch den rührenden Ton dieser Bitten.

"Wenn sie sich gehorsam und unterwürfig zeigt, dann kann ich ihr vielleicht noch verzeihen; aber wenn sie mir widersteht wie bisher —"

"Vater, mein guter Vater, versprich mir, ihr in allen Fällen zu verzeihen."

"Genug!" sagte der Pächter, indem er seine älteste Tochter etwas rauh von sich schob; "ich werde mein Bestes thun!"

Ohne weiter auf Julie hören zu wollen, ging er durch den Ofensaal und trat in das anstoßende Zimmer.

Viertes Capitel.

Kretle Reber.

Das Zimmer, in welchem sich in diesem Augenblicke die jüngste Tochter des Pächters befand, war das den beiden Schwestern gemeinschaftliche. Zwei gleiche Betten, von sehr weißen Vorhängen umgeben, bildeten den Hauptschmuck desselben. Das übrige Mobiliar, von Kirschbaumholz, hatte das Ansehen der sorgfältigsten Reinlichkeit und

Frische. Die heitere Lust, die Unschuld, der Frieden allein
schienen dies jungfräuliche Gemach bewohnen zu müssen.
Kretle saß in dem dunkelsten Theile desselben, und obgleich
sie den Besuch ihres Vaters erwarten mußte, schien sie
überrascht zu sein, als sie ihn so plötzlich eintreten sah.
Sie stand schnell auf, machte ihm eine demüthige Verbeu=
gung und blieb dann mit gesenkten Augen vor ihm stehen.
Sie war minder schön als Julie, doch hübscher; ihre Züge
hatten besonders eine lebhafte Miene des Ausdruckes,
welche denen ihrer Schwester fehlte. Uebrigens erkannte
man in ihr das lebendige Urbild der reizenden Statuette,
welche wir den armen Schmidt am Saume des Weges mit
solcher Liebe schnitzen sahen; sie hatte dieselbe anmuthige
Haltung. Sie stand beschämt und verwirrt da, erröthete
und erblaßte wechselweise und suchte mit einer lieblichen
Unbeholfenheit durch ihre beiden Hände die verrätherische
Rundung ihrer Taille zu verbergen. Neber maß sie mit
einem finstern Blicke, aber sogleich wendete er die Augen
ab und sagte hart:

»Weßhalb hast Du mich nicht bei meiner Ankunft be=
grüßt? Hast Du so wenig Achtung vor mir?«

»Ich hätte gewünscht, Dich eben so wie meine Schwe=
ster an der Thür zu empfangen,« antwortete das unglück=
liche Mädchen weinend; »ich sah Dich von meinem Fenster
aus und mein Herz flog Dir entgegen; aber Du hast mir
verboten, mein Zimmer zu verlassen und die Zeit ist nicht
mehr, wo Du, wenn Du von einer Reise zurückkehrtest,
mich auf die Stirn küßtest und dabei sagtest —«

»Gut! Es ist unnütz, das zurückzurufen. Willst Du

mich mit deinen schönen Worten kirren? Ich bin eine zu alte Amsel, um mich durch deine Pfeife fangen zu lassen!«

Aber diese Härte war nicht von Dauer; der Pächter ließ sich auf einen Sessel niedersinken und rief schmerzlich:

»Ach, Kretle, Kretle, weßhalb hast Du mich betrogen?«

Diese theilnahmsvollen Worte, die ersten seit zwei Monaten, dieser aus dem Vaterherzen kommende Schrei, verwandelte plötzlich die arme Kretle. Ihr verzweiflungsvolles Gesicht wurde durch Hoffnung erheitert, sie that einen Schritt auf den Pächter zu, und da sie nicht wagte, ihm noch näher zu treten, sagte sie voll Wärme:

»Habe Mitleid mit mir, mein Vater, denn ich bin sehr zu beklagen. Der Tod würde für mich süßer sein, wie dein Zorn und ich weiß nicht, wie ich bisher dem Schmerze und der Scham zu widerstehen vermochte, die mich vernichten. Ach, Gnade! Gnade! Ich kann so nicht länger leben! Sei großmüthig wie meine Schwester, die mich noch immer liebt. Ich bin vielleicht weniger strafbar als Du glaubst! Aber wäre mein Fehltritt auch ungeheuer groß, hätte ich ihn denn nicht schon durch deinen Zorn gebüßt? Werde ich ihn denn nicht bis an das Ende meines Lebens durch einen unvertilgbaren Flecken büßen? Ich beschwöre Dich, drücke mich nicht zu Boden! Sieh, Du hast meine Mutter sehr geliebt, die gut, ergebungsvoll, fromm war wie eine Heilige! Nun, meine Mutter hätte mir verziehen; sie hätte mir gewiß verziehen, die Versicherung gebe ich Dir!«

»Elende! Wagst Du es, den Namen dieser würdigen

und tugendhaften Frau auszusprechen, der deine Nichts=
würdigkeit das Herz gebrochen haben würde?«

»Sie würde mit mir gelitten, mit mir geweint haben.
Vater, sei nachsichtig, wie sie es sein würde, wenn sie noch
lebte. Meine Kraft, mein Muth sind zu Ende; rette mich
vor mir selbst, denn ich wäre fähig — Gott verzeihe mir
diesen fürchterlichen Gedanken, der beständig zurückkehrt!«

Es lag in der That in dem Auge des unglücklichen
Kindes jener Funke, welcher einen verhängnißvollen Ent=
schluß verräth. Der Pächter wurde dadurch erschreckt, aber
er stählte sich gegen den Eindruck.

»Pah!« sagte er, »willst Du mir etwa Furcht ein=
flößen, indem Du mich glauben machst— es wird Dir nicht
gelingen, das sage ich Dir. Aber ich bin nicht hergekom=
men, um Dich plärren zu sehen und um deine Albernheiten
anzuhören; ich bin nur gekommen, um mit Dir eine Er=
klärung zu haben, nach der ich meinen entschiedenen Ent=
schluß in Beziehung auf Dich fassen werde. Ich habe Dir
Zeit zum Ueberlegen gegönnt, aber die letzte Frist läuft
heute ab, und man soll mich nicht länger reizen. Setze
Dich!«

»Mein Vater!«

»Setze Dich, sage ich! Wirst Du mir denn immer
Widerstand leisten?«

Das junge Mädchen setzte sich in den finstersten Theil
des Zimmers.

»Jetzt höre mich an; ich werde übrigens kurz sein,
denn die Zeit drängt. Du versicherst, nicht die Mitschul=
dige des Attentates zu sein, dessen Opfer Du wurdest, als
Du eines Abends von dem Tanze zurückkehrtest, zu dem

Du gegen den Willen deiner älteren Schwester gegangen warst und dabei vor einem Unbekannten bis in die Nähe des Pachthofes flohest, wo der Schreck und die Angst Dir eine Ohnmacht zuzogen, die der Nichtswürdige mißbrauchte. Sprich, ist das nicht die Geschichte, die Du mir erzählt hast?«

»Sie ist wahr, Vater; sie ist wahr, das schwöre ich Dir!« sagte Kretle, indem sie das Gesicht mit der Schürze verhüllte.

»Julie, die über diesen abscheulichen Umstand befragt werden mußte, bestätigt denselben, wie ich zugebe. Sie sah Dich bleich und entsetzt zurückkehren, mit verstörtem Blick und herabhängendem Kopf. Sie war sogar über deinen Zustand so erschreckt, daß sie mich wecken wollte und daß sie mit Fragen in Dich drang, auf die Du nur unzusammenhängende Worte erwiedertest. Das sind also die feststehenden Thatsachen. Ich sage Dir nicht, daß deine Entehrung das unvermeidliche Resultat deiner Unbesonnenheit war, das Haus ungeachtet der verständigen Rathschläge deiner Schwester zu verlassen; daß deine Coketterie vielleicht zu einem solchen Verbrechen ermuthigt hatte; nein, lieber will ich dieses lediglich der Nichtswürdigkeit irgend eines jungen Wüstlings zuschreiben. Jetzt aber, Kretle, überlege Dir die Sache wohl und bemühe Dich, mit Freimüthigkeit zu antworten. Weißt Du nicht, wer der Urheber dieser abscheulichen That sein kann?«

»Ich weiß es nicht, Vater,« entgegnete Kretle mit erstickter Stimme. »Ich habe Dir schon gesagt, daß ich bewußtlos war.«

»Es ist unmöglich, daß Du nicht wenigstens Verdacht

gegen gewiſſe junge Leute hegſt, die während dieſes ver=
hängnißvollen Abends mit Dir getanzt hatten?«

»Den habe ich, Vater; aber ich will deiner Rache
nicht einen Menſchen bezeichnen, der vielleicht unſchul=
dig iſt.«

»Du liebſt alſo den, auf welchen dein Verdacht fällt?«

Kretle antwortete nicht und fuhr fort hinter ihrer
Schürze zu ſchluchzen.

»Beim Teufel, ſie verhöhnt mich! Sie macht ſich über
mich luſtig!« ſchrie der Pächter wüthend; »aber diesmal
werde ich deine Hartnäckigkeit beſiegen. Ich werde den
Namen dieſes verabſcheuungswürdigen Menſchen kennen
lernen, der meine Leiden auf den höchſten Gipfel geſteigert
hat. Sage mir augenblicklich ſeinen Namen; ich will es!«

»Ich — ich weiß ihn nicht!«

»Seinen Namen, ſage ich Dir!«

»Tödte mich; aber ich kann ihn nicht ausſprechen.«

»Du weißt ihn, davon bin ich überzeugt!«

»Noch einmal: Ich weiß ihn nicht!«

»Nun wohl,« entgegnete der Pächter, indem er plöß=
lich ruhig wurde; »ich will Dir glauben und werde auf=
hören Dich zu quälen, wenn Du mir bei der Seele deiner
Mutter ſchwören willſt, daß Du den Urheber dieſes Atten=
tates nicht erräthſt. Ich achte Dich noch genug, um zu glau=
ben, daß Du einen ſolchen Eid nicht falſch leiſten würdeſt.«

Kretle ſchwieg und man hörte nur ihre keuchenden
Athemzüge. Endlich murmelte ſie mit beinahe unhörbarer
Stimme:

»Gnade, mein Vater! Gnade und Barmherzigkeit!«

»Du siehst wohl, daß Du nicht zu schwören wagst!« schrie Reber außer sich und indem er auf sie zusprang. »Schamlose Lügnerin!«

Er erhob die Hand. Kretle stieß einen Schreckens= schrei aus. Dieser Schrei wurde hinter dem Pächter wie von einem Echo wiederholt und zugleich fühlte Reber sich zurückgehalten. Heftig wendete er sich um; Julie umschlang weinend seinen Arm.

»Was thust Du, Vater?« sagte sie. »Ist es das, was Du mir versprochen hattest?«

Der Pächter war überrascht und ließ seinem Jäh= zorn nicht den Zügel schießen. Da eilte Julie zu ihrer bei= nahe ohnmächtigen Schwester, küßte sie und sagte mit leiser Stimme:

»Muth! Muth! Kretle! Er liebt Dich seines Zornes ungeachtet noch immer und er wird Dir zuletzt verzeihen.«

»Gute, theure Schwester,« flüsterte das arme Mäd= chen, »Du allein bist jetzt seiner Achtung und seiner Zärt= lichkeit würdig! Aber konnte er sich nicht gegen mich weni= ger grausam zeigen?«

Indeß hatte Reber, der anfangs durch das uner= wartete Erscheinen seiner ältesten Tochter verwirrt war, seine Zuversicht wieder gewonnen.

»So! · sagte er mit finsterem Tone, »bildet man sich etwa ein, ich würde mich nach jedem Winde drehen und man hätte auf meine Befehle nicht zu achten? Julie, ich hatte Dir verboten, hier einzutreten.«

»Vater, als ich den drohenden Ton deiner Stimme und die Seufzer meiner Schwester hörte — «

„Was kümmert das Dich? Du hast hier nichts zu suchen! Geh!«

»Und dann,« fuhr Julie fort, die sich eines Umstan= des erinnerte, den sie über der augenblicklichen Aufregung vergessen hatte, »dann ist auch Jemand da, der Dich zu sprechen wünscht.«

»Wer denn?«

, Herr Schmidt, der Schulmeister; er behauptet, Du hättest ihn auf den Pachthof bestellt.«

Leiser fügte sie hinzu:

»Er ist in dem Ofensaale und hätte hören können. Zum Glück ist er ein braver junger Mann, ehrenhaft und verschwiegen.«

»Ob er gehört hat oder nicht, darum kümmere ich mich nicht; laß ihn eintreten.«

, Hierher, Vater?« fragte Julie, indem sie voll Stau= nen zurückwich.

»Eben hier.«

»Nein, nein; ich beschwöre Dich!« rief Kretle, die plötzlich wieder Leben bekam. »Es wäre unmenschlich, mich fremden Blicken auszusetzen und besonders denen des Herrn Schmidt, der so rechtschaffen und so strenge ist! Ich würde darüber vor Scham sterben!«

»Er wird dennoch eintreten; er kommt deinetwegen und er muß Dich sehen. Keine Ziererei en!«

Sich dann der Thür nähernd, die er öffnete, rief er:

»Komm', Schmidt! Ich will mein Versprechen er= füllen!«

»Treten Sie nicht ein!« rief Julie außer sich und in= dem sie vorwärtsstürzte, um ihn zurückzudrängen.

Kretle hatte sich schnell hinter den Vorhängen ihres Bettes verborgen und man hörte sie schluchzen, ohne sie zu sehen. Schmidt, der regungslos auf der Thürschwelle stand, wußte nicht recht, was er thun sollte und begriff nichts von den widersprechenden Aufforderungen, die an ihn gerichtet wurden.

Reber aber nahm ihn bei der Hand und zog ihn in das Zimmer, während er zugleich zu seiner ältesten Tochter sagte:

»Kehre zu der Großmutter zurück und komm' nicht wieder her, ohne gerufen zu werden.«

»Mein Vater —«

»Was gibt es? Noch immer Widerstand, tausend Donner! Alle Welt mischt sich jetzt hinein!«

Julie wagte nicht mehr zu widerstehen; sie richtete einen verzweiflungsvollen Blick auf ihre Schwester und entfernte sich langsam.

Schmidt, der ganz verwirrt war, drehte seine kleine Mütze zwischen den Fingern. Der Pächter seinerseits ergriff die arme Kretle, die sich an die Bettvorhänge klammerte, trug sie bis in die Mitte des Zimmers und sagte spöttisch:

»Sieh' sie an, Schmidt; sieh' sie genau an! Willst Du sie noch zur Frau?«

Kretle sträubte sich und wendete den Kopf ab, um ihr Gesicht zu verbergen; ihr langes blondes Haar löste sich und bildete einen mitleidigen Schleier für ihr Erröthen. Aber der unschuldige Schmidt sah nichts, errieth nichts. Nur Eines fiel ihm auf: die Rohheit des Pächters gegen seine Tochter.

»Herr Reber,« sagte er mit mehr Entschiedenheit, als man von seiner sanften und friedlichen Natur erwarten durfte; »haben Sie mich deshalb aufgefordert, zu Ihnen zu kommen, um mich zum Zeugen dieser abscheulichen Behandlung zu machen? Ich kenne die Ursache nicht, aber ich bin dadurch überrascht und empört —«

»Du kennst die Ursache nicht, unschuldiger Junge?« sagte der Pächter, indem er noch immer in seinen kräftigen Händen das arme Kind hielt, das sich vor Schmerz und Verwirrung wand.

»Aber so mach' doch die Augen auf! — Du, der Du diesen Morgen so viel Gefallen daran fandest, die anmuthigen Formen von ehemals darzustellen, Du argwöhntest nicht, daß dein hübsches Modell jetzt eine solche Taille hätte!«

Der junge Schulmeister erkannte endlich die fürchterliche Wahrheit. Er wurde sehr blaß und taumelte, als ob er einen tödtlichen Schlag empfangen hätte. Bald entstürzten Thränen seinen Augen und er rief mit herzzerreißendem Tone:

»Ach, Kretle! Fräulein Kretle, ist es denn möglich?«

Nun erst ließ Reber seine Tochter los, die sich wieder hinter die Vorhänge ihres Bettes flüchtete.

»Vater,« rief sie, »Du wirst es vielleicht bald bereuen, daß Du mich mit solcher Härte behandelt hast!«

Der Pächter that als hätte er diese Worte nicht gehört, die mehr eine Klage als eine Drohung waren.

Er kehrte zu Schmidt zurück, der wie vernichtet dastand.

»Du mußt,« sagte er, »jetzt gewisse Dinge begreifen, die vorhin bei unserer Unterredung an dem Saume der Straße für Dich unverständlich waren. Ja, es ist wahr! Dieses schöne Kind, der Stolz ihrer Familie und der Neid ihrer Gefährtinnen, ist gefallen; sie ist so tief gefallen, daß sie sich nie wieder erheben kann! Bei meinem andern Miß= geschick hat der Teufel auch diese Betrübniß und diese Schmach nicht ersparen wollen. Wie dieses Unglück gesche= hen ist, darauf kommt wenig an; es besteht, und ich habe nicht einmal die Genugthuung, den Urheber desselben züch= tigen zu können, denn trotz aller Bitten hat sie ihn mir nicht nennen wollen. Ich sehe daher kein Mittel, ihren Fehltritt vor den Leuten zu verbergen, es müßte denn ein rechtschaffener, aufopfernder Mensch sich entschließen, sie in der kürzesten Zeit zu heiraten. Schmidt, ich habe Dich nicht betrügen wollen und Du weißt jetzt die ganze Wahrheit; willigst Du noch ein, dieser Mensch zu sein?«

Schmidt antwortete nicht. Der Schmerz und die Ueber= raschung hatten ihn der Sprache beraubt, vielleicht sogar der Kraft des Denkens. Reber fuhr fort:

»Höre, mein Junge, Du darfst nicht auf eine Mit= gift rechnen; ich bin zu Grunde gerichtet, vollständig zu Grund gerichtet. So wird also euer Vermögen sich gleich sein, und Ihr braucht Euch gegenseitig nicht zu demüthi= gen. Wenn Ihr übrigens auch arm seid, so werdet Ihr Euch doch Hilfsquellen schaffen können; im Frühjahre suchst Du Pilze, um deine Frau zu ernähren. Im Sommer und im Herbste habt Ihr die wilden Früchte, Maulbeeren, Hei= delbeeren, Haselnüsse, und die kleine Familie wird zuletzt ihre Aßung finden, wie die Vögel des Feldes. Im Win=

ter — ja, meiner Treu, für den Winter wirst Du ein
Mittel ausfindig machen müssen, um die hungrigen Mün=
der zu sättigen; aber ich bin deinetwegen nicht besorgt! Du
bist ein Gelehrter, Du hast eine Erfindungsgabe wie sonst
Niemand, und ich bin überzeugt, daß Du Dich aus der
Verlegenheit ziehen wirst.«

Diese Worte wurden mit gehässigem Spotte gespro=
chen; der Pächter schoß auf seine Tochter Blicke, als gälte
jeder dieser vergifteten Pfeile ihr. Endlich gelang es dem
armen Schmidt, seine Niedergeschlagenheit zu überwinden.

»Herr Reber,« sagte er, »Sie sind grausam gegen
Kretle und gegen mich; konnten Sie uns nicht Ihren Wil=
len mittheilen, ohne uns zu schmähen? Meiner Anstren=
gungen ungeachtet ist meine Existenz bisher elend gewesen;
aber wenn mein Name, mein einziges Gut, so wie ich bin,
Fräulein Kretle vielleicht nützlich sein kann, so biete
ich ihr denselben von ganzem Herzen an. Sie fürchte von
meiner Seite weder Klagen noch Vorwürfe; ich werde nie
von der Vergangenheit mit ihr sprechen; trotz Allem
werde ich sie lieben, sie beklagen. Das kann ich ver=
sprechen!«

»Guter, braver junger Mann!« seufzte Kretle hinter
ihrem Vorhange.

Der Pächter selbst bewunderte die große Selbstver=
läugnung, die unendliche Liebe, welche sich durch diese ein=
fache Sprache offenbarten. Er entgegnete und diesmal
ohne Bitterkeit:

»Höre, Schmidt, ich will Dich nicht überrumpeln.
Hast Du auch die Folgen einer solchen Handlung wohl über=
legt? Hast Du an das Geklatsch gedacht, dem Du verfal=

len wirst, an die Lasten, die Du als Familienvater tragen mußt? Fürchtest Du nicht auch, daß Du einst gegen deine Frau kränkenden Verdacht hegen wirst? Hast Du das Alles erwogen und fühlst Du Dich deiner gewiß genug, um Dir diese Last aufzubürden?«

»Ich nehme sie auf mich, Herr Reber; ich weiß, auf welche Demüthigungen ich gefaßt sein muß; aber ich hege für Fräulein Kretle eine solche Zuneigung, daß ich Alles mit Muth ertragen werde, vorausgesetzt —«

»Nun? —«

»Vorausgesetzt, daß sie mich einiger Freundschaft würdigt, bloßer Freundschaft!« schloß der arme Schmidt schluchzend.

Kretle verließ von selbst ihre dunkle Ecke und ging bis in die Mitte des Zimmers.

»Sie verdienen mehr als Freundschaft, Herr Schmidt,« sagte sie ohne alle Verlegenheit und mit theilnahmvoller Sanftmuth. »Empfangen Sie daher meinen Dank für Ihre Großmuth, für Ihre Aufopferung.«

»Also willigen Sie ein?«

»Im Gegentheile, Herr Schmidt; je besser, redlicher, uneigennütziger Sie sind, um so mehr würde ich fürchten, mein Loos mit dem Ihrigen zu vereinigen. Ich habe einen Fehltritt begangen, wenigstens sagt man es; ich allein muß dafür die Strafe tragen. Beharren Sie daher nicht bei Ihrem Vorsatze; Ihr Opfer hat mich mit Achtung und Dankbarkeit erfüllt; bis zu meinem letzten Augenblicke werde ich die Erinnerung daran bewahren.«

»Wie, Sie weisen es ab?«

„Ich weise es ab und mein Gewissen sagt mir, daß ich daran recht thue.“

„Was,“ rief der Pächter, „die Sachen sollten nach dem Willen der Mamselle geordnet werden, ohne daß ich ein Wort zu sagen hätte? Nein, nichts dergleichen, wenn es Ihnen gefällig ist, meine Theure; es steht Ihnen frei, schöne Gesinnungen zu entfalten, aber ich werde auch meine Meinung sagen! — Es wird bald unmöglich sein, den Leuten deinen Zustand zu verbergen; Du kannst nicht immer in dieser Stube eingesperrt bleiben, aus der man Dich übrigens früher vertreiben wird, als Du denkst. Wenn Du aber den Antrag des braven Schmidt annimmst, kann man noch Alles retten; es wird freilich hier und dort einiges Geklatsch geben; aber man wird die Ehrenrettung zugleich mit dem Fehltritte erfahren und deine Familie wird nicht über Dich zu erröthen haben. Wenn Du dagegen den Bitten dieses würdigen Jungen und meinem Willen widerstehst, so wirst Du für uns ein Gegenstand tödtlicher Verlegenheit und neuen Kummers. Ich erkläre Dir daher, daß Du wählen mußt: Entweder Du nimmst den Antrag Schmidt's an, oder Du verläßt mein Haus, um zu gehen, wohin es Dir beliebt.“

„Vater,“ entgegnete Kretle, ohne zu zögern, „eher ergebe ich mich in Alles, als daß ich das Unglück eines rechtschaffenen Mannes mache, indem ich ihn an mein trauriges Geschick fessle. Ich werde daher dein Haus auf deinen ersten Befehl verlassen!“

„Wie sie mich haßt!“ seufzte der arme Schmidt.

Der Pächter dachte anders.

„Man sehe!“ rief er. „Sie hat schon einen Zufluchtort. — O, sie weiß wohl, wohin sie gehen soll, nachdem sie mich zum Aeußersten getrieben hat. — Beim Teufel, ich hätte Lust, ihr auf der Stelle den Abschied zu geben!«

»Mein Vater, ich bin bereit und ich werde es nicht einmal wagen, Euch zu beklagen, denn dein Zorn erscheint mir gerecht. Was den Ort betrifft, an den ich mich flüchten, den Weg, den ich einschlagen werde, — wie kann ich den nennen? — Ich werde gehen, so weit meine Beine die Kraft haben, mich zu tragen; dann werde ich Halt machen und an der Stelle sterben, indem ich zu Gott für Dich und meine geliebte Julie bete.«

Diese rührenden Worte entlockten Schmidt neue Thränen.

»Fräulein,« sagte er, »seien Sie nicht zu strenge gegen sich selbst. Was ich besonders fordere, ist, den größten Theil Ihres Kummers zu übernehmen, und Gott ist mein Zeuge, daß nie eine Anspielung auf die Vergangenheit —«

»Ich glaube Ihnen, Herr Schmidt; aber aus Barmherzigkeit dringen Sie nicht weiter in mich; mein Entschluß ist gefaßt; ich werde allein leben oder sterben — und vielleicht lebe ich nicht lange!«

Schmidt wollte diese finstern Worte aufgreifen, als man in dem Ofensaale Geräusch hörte. Julie eilte ganz aufgeregt herein.

»Herr Nathan ist soeben gekommen,« sagte sie zu ihrem Vater, »und er verlangt Dich zu sprechen.«

»Schon?« entgegnete der Pächter, indem er blaß wurde. »Er hat keine Zeit verloren!«

Er stand auf.

»Du siehst, Kretle,« sagte er mit einer Art von Feierlichkeit, »ich habe andere Dinge zu thun, als mich mit Dir zu beschäftigen; erinnere Dich daher an meine Worte: Wenn Du in einer Stunde, deiner letzten Frist, nicht eingewilligt hast, Herrn Schmidt zu heiraten, der deiner Entehrung ungeachtet Dir seinen Namen geben will, dann kannst Du dies Haus meiden, um Dich nie wieder darin sehen zu lassen.«

»Was sagst Du, Vater?« rief Julie außer sich.

»Herr Reber,« sagte Schmidt, »ich bitte, bedenken Sie —!

»Ruhe!« unterbrach ihn der Pächter mit dem Tone der Autorität. »Ich war lange gehorsam! Schmidt, gönne dieser Eigensinnigen noch eine Stunde der Einsamkeit und der Ueberlegung; vielleicht finden wir sie bei unserer Rückkehr vernünftiger. Was Dich betrifft, meine theure Julie,« fuhr er leise fort, indem er sich zu seiner ältesten Tochter wendete, »so mußt Du binnen zehn Minuten den Schatz der Großmutter entdeckt haben, oder unser Unglück ist vollständig.«

Dabei trieb er die Beiden aus dem Zimmer. Die unglückliche Kretle war auf die Knie gesunken und die Arme ausstreckend, murmelte sie mit herzzerreißender Stimme:

»Lebet wohl, Ihr, die ich liebe! — Ich werde Euch nicht wiedersehen!«

Aber man hörte sie nicht und Reber verschloß die Thür doppelt hinter sich, seine jüngste Tochter den finsteren Eingebungen der Verzweiflung überlassend.

Fünftes Capitel.

Der Vorschlag.

Der Pächter fand Nathan in dem anstoßenden Zimmer seiner wartend. Der kleine Jude konnte sich zwar schon als Herr bei seinem Schuldner betrachten, aber er zeigte sich dennoch artiger, unterwürfiger wie je. Er grüßte Julie beinahe bis zur Erde, erkundigte sich bei Schmidt demüthig nach dessen Gesundheit und umarmte Reber mit einer Innigkeit, wie man sie zeigt, wenn man einen vertrauten Freund nach langer Abwesenheit wiederfindet. Reber, der die Wuth im Herzen hatte, hielt es dennoch seinerseits für Pflicht, diese Freundschaftsbezeigungen erwidern zu müssen. Nachdem er Schmidt verabschiedet und Julie zu der Großmutter geschickt hatte, holte er eine Bouteille alten Volksheimer, den er für geeignet hielt, die Laune seines Gläubigers etwas zu mildern. Bald saßen die beiden sogenannten Freunde an dem Tische bei der Flasche, und man muß dem kleinen Juden die Gerechtigkeit widerfahren lassen, daß man, indem man ihn sein Glas leeren sah, nicht geglaubt haben würde, er hätte sich in dem Kaffeehause des Jochthales mit seinem Freunde Hermann die Gurgel schon mit Bier und Liqueur ausgespült. Zuerst sprach man von dem Wetter, von der nächsten Ernte, von den Kornpreisen; Keiner der Beiden beeilte sich, den eigentlichen Gegenstand der Unterhaltung zu berühren. Endlich wollte Reber, der ungeachtet der Freundlichkeit seines Gastes auf glühenden Kohlen saß, sein Schicksal kennen lernen; er sagte daher gerade heraus, indem er die Ellenbogen auf den Tisch stützte:

»Kommen wir zur Sache, Nathan; heute läuft die letzte Frist ab, die Sie mir zur Zahlung meiner Wechsel gewährten, ich habe das so wenig vergessen, daß ich seit drei Tagen im ganzen Lande an allen Thüren klopfte, um die Gefälligkeit meiner Freunde in Anspruch zu nehmen, und ich bin von meinem Ausfluge erst vor wenigen Augenblicken zurückgekehrt. Was würden Sie nun aber sagen, Herr Nathan, wenn die Reise und alle meine Schritte nutzlos gewesen wären, und wenn ich auch diesmal noch nicht im Stande bin, meine Schuld zu tilgen?«

Der Jude leerte ruhig sein Glas, dann wischte er sich den Mund mit dem Aufschlage seines Aermels ab und antwortete mit honigsüßem Tone:

»Das wäre sehr schlecht, Reber, und Sie würden durch eine schwarze Undankbarkeit die Zuneigung vergelten, von der ich Ihnen so viele Beweise gegeben habe. Bewilligte ich nicht bisher Alles, was Sie von mir verlangten? Habe ich nicht Ihre Wechsel mehrmals prolongirt? Ist es möglich, bei Geschäften mehr Gefälligkeit, Nachsicht und Vertrauen zu zeigen, als ich Ihnen bewiesen habe? Dies Verfahren Ihrerseits zerreißt mir das Herz, und ich durfte von Ihnen, der Sie so rechtschaffen, so offen sind, nicht eine solche Wortlosigkeit erwarten.«

»Ei, morbleu, glauben Sie denn, daß diese Wortlosigkeit freiwillig ist? Uebrigens waren auch Ihre guten Dienste nicht ganz umsonst; indem Sie meine Wechsel pro-

longirten, trugen Sie Sorge dafür, die Zinsen zu capitali-
siren, so daß die ursprüngliche Schuld von sechstausend
Francs jetzt zehntausend beträgt, und das binnen weniger
als zwei Jahren; wie mir scheint, sind die Interessen reichlich
genug.«

Der Jude machte erlöschende Augen und entgegnete
mit weinerlicher Stimme und einem tiefen Seufzer:

»So sprechen Sie zu mir, Reber? Ich habe mich
Ihretwegen in Verlegenheit gebracht, und jetzt — Aber
ungeachtet meiner lächerlichen Güte sollen die Sachen nicht
so hingehen. Ich dulde nicht, daß man sich über mich lustig
macht, indem man sein Wort nicht hält. Uebrigens sind Geschäfte Geschäfte; ich würde mein Leben für Sie lassen,
denn was ich auch sagen mag, liebe ich Sie noch immer;
aber bei Angelegenheiten des Geldes muß Alles in der
Ordnung sein. Sie bringen mich in eine sehr schwierige
und sehr grausame Lage, Reber, die Versicherung gebe ich
Ihnen!«

Der Pächter, der seit langer Zeit an diese gefühlvolle
Wortmacherei gewöhnt war, wurde dadurch keineswegs
gerührt.

»Nun, wenn Sie mich so sehr lieben,« entgegnete er,
»dann haben Sie ein sehr einfaches Mittel, es mir zu beweisen: es ist, mir auf's Neue eine Frist von sechs Monaten zur Bezahlung dieser unglückseligen Wechsel zu gewähren. Mein Pachthof ist wenigstens fünfzehntausend Francs
werth; Sie wagen also nichts, indem sie mir Zeit bewilli-
gen, eine Schuld von zehntausend zu bezahlen.«

»Sie bedenken nicht, mein guter Freund, daß die Kosten der Expropriation bedeutend sein würden. Der Gerichts-

notar Duclet, dem ich soeben zufällig begegnete, glaubt, daß dabei Ihr ganzes Habe daraufgehen würde, und darüber bin ich wirklich auf den Tod betrübt.«

»Sie haben also schon den Schurken Duclet gesehen? Hören Sie, Nathan, ersparen Sie sich die Freundschafts= betheuerungen, denen Ihre Handlungen widersprechen.«

Nathan erhob die Augen zum Himmel.

»So beurtheilt man uns!« sagte er mit dem Tone der Betrübniß. »Da sei man noch gefällig und uneigen= nützig! Bedarf man unserer, so heißt's »Herr Nathan« hier, »mein guter Freund« dort; aber wenn wir das verlangen, was uns rechtmäßigerweise zukömmt, dann sind wir Wu= cherer und Schelme. — Ach, Reber, Reber, das verdiente ich von Ihnen nicht, und wenn Sie es sich überlegen, wer= den Sie erkennen, wie ungerecht Sie mich behandelt haben.«

Nathan ergriff die Flasche, goß den Rest des Weines in sein Glas und trank ihn in kleinen Zügen aus, indem er dazu wohlbehaglich mit der Zunge schnalzte.

»Mein armer Reber,« fuhr er darauf fort und setzte sein leeres Glas auf den Tisch, »ungeachtet Ihrer Undank= barkeit blutet mir das Herz, daß ich gezwungen bin, bis zum Aeußersten zu gehen. Haben Sie denn schon Alles über= dacht? Gibt es denn kein Mittel, uns aus der Verlegenheit zu ziehen?«

»Keines.«

»Haben Sie sich an alle Personen gewendet, die Ihnen zu Hilfe kommen könnten?«

»An alle, und alle haben mich zurückgewiesen.«

»Hören Sie, man sagte mir, daß Herr Albert Loven= tal Ihrer ältesten Tochter den Hof machte. Das würde eine prächtige Heirat geben, Freund Reber, wenn sie möglich wäre. Herr Albert erlangte-vielleicht von seinem Vater —«

»Sprechen Sie davon nicht. Seit einiger Zeit hat er aufgehört in mein Haus zu kommen; man sollte meinen, er hätte Wind von meiner Verlegenheit erhalten und fürchtete meinerseits eine derartige Bitte. Er hätte dazu keinen Grund,« fuhr Reber fort, indem er den Kopf erhob; »erstlich ist er, wie ich glaube, ganz abhängig von seinem Vater, einem alten Filz, der ihm nicht viel Geld gibt, und dann würde ich auch zu stolz sein, um die Schwäche eines reichen jungen Mannes auszubeuten, der sich in meine Tochter verliebt hat.«

»Wahrlich,« sagte Nathan, der das Zartgefühl des Pächters nicht zu begreifen schien, »ich hätte geglaubt — Nun, Jeder hat seine eigenen Ansichten. Aber was ist dann zu thun?«

»Der gute Gott allein weiß das!«

In diesem Augenblick hörte man draußen eine muntere Stimme, welche ein Liedchen trällerte, das eben in der Mode war. Nathan stand auf und näherte sich der Thür.

»Ist das nicht Herr Hermann, der da kommt?« sagte er mit wirklicher oder erheuchelter Ueberraschung. »Guten Tag, Herr Hermann!«

»Nun?«

»Treten Sie nicht ein?«

»Wieder Einer, den das Gerücht meines nahen Ruins aus dem Hause getrieben hat!« brummte der Pächter.

Dieser Bemerkung ungeachtet blieb Herr Hermann

auf der Schwelle der Thür stehen. Sein kurzer und über=
trieben enger Rock ließ eine Sammtweste sehen, auf der
goldene Ketten und Breloques glänzten. Sein grauer Filz=
hut saß auf einer Seite des Kopfes.

»Guten Tag, meine Herren!« sagte er mit ungezwun=
genem Tone. »Sie sind bei Geschäften, glaube ich. — Im
Vorübergehen wollte ich mich nur nach den liebenswürdi=
gen Fräulein Reber erkundigen.«

»Meinen Töchtern geht es gut; danke,« entgegnete
der Pächter. »Aber Sie können eintreten, Hermann. Was
Nathan und ich mit einander sprechen, wird bald kein Ge=
heimniß mehr sein.«

Hermann ließ sich nicht weiter bitten und nahm Platz
an dem Tische, auf den der Herr des Hauses eine zweite
Bouteille stellte. Während einiger Augenblicke unterhielt
der Mäkler das Gespräch beinahe allein; er neckte Nathan,
der das mit seiner gewöhnlichen Gutmüthigkeit hinnahm,
und richtete an den Pächter einige Gemeinplätze der Höf=
lichkeit. Reber hörte ihn zerstreut an und antwortete kaum.
Hermann wechselte plötzlich den Ton.

»Sie sind traurig und gedankenvoll, Herr Reber,«
sagte er freundschaftlich. »Nun, wissen Sie was, ich werde
keine Umwege machen: Mein Besuch bei Ihnen hat eine
andere Veranlassung als die, welche ich Ihnen nannte. Ich
kenne Ihre Lage und würde mich glücklich schätzen, Ihnen
einen Dienst zu leisten.«

»Wie, Herr Hermann, Sie wissen —«

»Ich weiß von Ihren Angelegenheiten mehr, als Sie
glauben; man sagt Vielerlei in dem Orte und dann habe
ich soeben in dem Kaffeehause diesen geriebenen Juden mit

dem Gerichtsnotar Duclet sprechen hören. Da beschloß ich Alles anzuwenden, um Sie aus den Klauen der Beiden zu reißen. –

Nathan erhob lachend und wie der Form wegen Widerspruch gegen diese Ausdrücke. Hermann schien darauf nicht zu achten.

»Herr Reber,« fuhr er fort, »weshalb haben Sie sich in der ärgerlichen Lage, in der Sie sich befinden, nicht an mich gewendet?«

»An Sie, Hermann?«

. Ja, an mich. Sie haben mich von hier vor zehn oder zwölf Jahren fortgehen sehen als einen ganz jungen Menschen, der nur an Hoffnungen reich war; Sie können sich daher nicht einbilden, daß ich jetzt ein gemachter Mann bin, ein geachteter Kaufmann, der Associé eines der reichsten Häuser von Newyork; man hat wohl Recht zu sagen, daß Niemand in seinem Vaterlande Prophet ist. — Wie dem aber auch sei, will ich Ihnen doch zu Hilfe kommen und Nathan wird Ihnen die Versicherung geben, daß ich dazu im Stande bin.«

»Gewiß, gewiß!« bestätigte der Jude. »Der gute Hermann scheint dort drüben bei den Wilden eine Goldmine entdeckt zu haben; ich würde gern einen Wechsel escomptiren, den er unterzeichnet hätte, vorausgesetzt daß die Verfallszeit nicht zu lang ist, denn, wie er es treibt, kann seine Goldmine nicht lange vorhalten.«

Reber war lebhaft ergriffen.

Mit zitternder Stimme fragte er Hermann: »Und Sie könnten mir die zehntausend Francs leihen, deren ich bedarf, um Nathan zu befriedigen?«

»Vielleicht; aber unter gewissen Bedingungen. Ich bin meinem Hause Rechnung schuldig von den Geldern, über die ich verfüge, und in Amerika, sehen Sie, macht man mit Allen und in Allem Geschäfte. Wenn ich Ihnen diese Summe verschaffe, so verpflichtet mich auf der andern Seite meine Eigenschaft als Ihr Freund, mich zu überzeugen, daß ich Ihnen und Ihrer Familie auch wirklich einen Dienst leiste, wie dies mein Wunsch ist. — Gestatten Sie mir daher die Frage mit Ihnen zu untersuchen.«

Er schien sich zu sammeln; Reber wurde außerordentlich aufmerksam.

»Ich nehme an,« fuhr Hermann fort, »daß ich Ihnen unmittelbar das Geld auszahle, dessen Sie bedürfen und daß ich dafür in alle Rechte Nathans eintrete; was geschieht dann? Ich werde Sie ohne Zweifel glimpflicher behandeln, wie er, denn er ist in dem Capitel der Interessen verteufelt strenge, was ich sagen muß, ohne ihn beleidigen zu wollen; aber es bleibt Ihnen doch immer eine Schuld von zehntausend Francs, von denen Sie die Zinsen an das Handelshaus zahlen müßten, welches ich vertrete. Sie werden diese Zinsen pünctlich zahlen; es sei. Aber wenn nun dennoch schlechte Jahre einträten, ähnlich den letzten, was thäten Sie dann? Auch sind die Zinsen nicht Alles; es wird ein Tag kommen, an welchem das Capital ebenfalls zahlbar würde und wäre es dann nicht Wahnsinn, auf so günstige Möglichkeiten zu rechnen, daß Sie eine solche Summe ersparen könnten? Ueberdies wären Sie bis dahin gezwungen, unter Entbehrungen zu leben und Sie hätten keineswegs Aussicht, Ihre Töchter passend zu verheiraten. Wenn aber auf der andern Seite das Unglück fortführe, Sie zu

verfolgen, würden Sie sich dann nicht bei Ablauf des Ter-
mines ganz in derselben traurigen Lage befinden, wie
heute? Sehen Sie über den gegenwärtigen Augenblick
hinaus, Herr Reber, und fragen Sie sich, ob ein günstiger
Erfolg unter den Umständen, von denen wir sprechen, so
leicht zu erreichen wäre, wie Sie zu glauben scheinen?«

Diesen Angaben fehlte es nicht an Richtigkeit und
sie machten daher auch auf den Pächter einen gewissen
Eindruck.

»Sie können wahr sprechen, Herr Hermann,« entgegnete er; »ich rechne auf gute Einnahmen und es kommt
nur Mißgeschick. In der That würde ich vielleicht nur
zurücktreten, um besser zu springen, wie man sagt. Indeß
scheint es mir doch, daß ich durch Ordnung und Thätigkeit —«

»Wäre dieses Leben der Entbehrungen und der Er-
sparnisse eines Mannes von Ihrem Verstande, Ihrer
Erfahrung in der Landwirthschaft, Ihrer guten Aufführung
würdig? Könnten Sie wohlerzogene Mädchen, daran gewöhnt, im Wohlstande zu leben, zu den groben und harten
Arbeiten verurtheilen? Die Prüfung würde vielleicht zu
schwer für Sie Alle sein. Nun gut! Was würden Sie
sagen, Reber, wenn ich Ihnen die Gelegenheit böte, während der Zeit, die Sie darauf verwenden müßten, diese
Summe zu ersparen, selbst wenn wir die günstigsten Umstände annähmen, eine zwanzighundertmal größere Summe
zu gewinnen; wenn ich Ihnen eine Lage verschaffte, auf
die Sie in diesem verwünschten Lande niemals rechnen
dürften?«

„Und was müßte ich dazu thun?“ fragte Reber, indem er die Augen groß aufriß.

„Nach Amerika auswandern,“ antwortete Hermann entschlossen.

Der Pächter war so verdutzt, als wäre ein solcher Gedanke ihm noch nie in den Sinn gekommen; dann brach er in lautes Gelächter aus.

„Nach Amerika? Ich! Was fällt Ihnen ein? Und meine Familie?“

„Ihre Familie würde Sie begleiten; und wenn ich mich nicht täusche, könnte wenigstens ein Mitglied derselben nur dabei gewinnen, das Jochthal zu verlassen.“

„Sprechen Sie deutlicher, Hermann,“ sagte der Pächter erbebend.

Der Auswanderungsagent neigte sich zu ihm und sagte halblaut:

„Machen Sie sich keine Illusionen, mein armer Reber; Nathan kann Ihnen eben so gut sagen wie ich, daß Niemanden unbekannt ist, welcher Grund Fräulein Kretle seit zwei Monaten verhindert, den Pachthof zu verlassen.“

„Ha! Man weiß auch das?“

Es entstand eine lange Pause. Endlich sagte Hermann:

„Ich möchte Sie nicht betrüben, Herr Reber, indem ich bei diesem Umstande beharre; aber nach einem solchen Aufsehen kann die Auswanderung allein Ihr armes Kind und Sie selbst vor schmerzhaften Demüthigungen bewahren. Dort, in Amerika, sind die albernen Vorurtheile unseres alten Europa durchaus unbekannt. Die Yankees achten auf dergleichen nicht; da Fräulein Kretle frisch und anmuthig ist und schöne blonde Haare hat, kann sie leicht, trotz der Vergangenheit, irgend einen mit Dollars vollgestopften Kaufmann, irgend einen reichen Colonisten heiraten, der Ländereien besitzt, welche halb so groß sind, wie eines Ihrer Departements von Frankreich. Fräulein Julie ihrerseits ist gewiß, eine glänzende Partie zu finden. Ueberdies werden Sie in einem köstlichen Klima leben, auf einem fruchtbaren Boden, der beinahe von selbst die schönsten Früchte trägt; Sie werden in der Mitte einer freien und stolzen Bevölkerung leben, die Ihre Unabhängigkeit und Ihren Stolz zu achten versteht. Ich frage Sie, würden Sie da wohl diesen Winkel unfruchtbarer Berge sehr zu beklagen haben, wo das Leben so hart ist und wo die Bosheit der Menschen der Unfruchtbarkeit des Bodens gleich kommt?«

Hermann fuhr fort die Vortheile der Auswanderung zu rühmen, aber er hütete sich wohl vor den lächerlichen Uebertreibungen, welche bei den Bauern der Nachbarschaft so große Wirkung hervorbrachten. Wenn Reber auch leidenschaftlich war, so besaß er doch Kenntnisse und mußte mit mehr Rücksicht behandelt werden. Die Argumente Hermanns erschütterten ihn endlich.

»Es liegt in dem Allen etwas Wahres,« entgegnete er. »Unser Land bietet nicht viele Hilfsquellen und sein einziges Verdienst ist in meinen Augen, daß ich in ihm geboren wurde. Aber es muß nicht leicht sein, mit einer Familie nach Amerika zu gehen.«

»Nichts ist im Gegentheil einfacher; wenn Sie sich zu der Reise entscheiden werde ich Sie mit Ihrer ganzen Familie binnen einigen Wochen hinschaffen lassen.«

„Und das Geld? Wo könnte ich das finden, da ich zu Grunde gerichtet bin?“

„Dahin wollte ich Sie haben, Herr Reber; da kann ich Ihnen meine wahre Freundschaft beweisen. Man versichert, daß Ihr Gut mehr werth ist, als die zehntausend Francs die Sie Nathan schuldig sind; ich habe die Sache nicht untersucht, aber darauf kommt auch nichts an; ich würde etwas wagen, um Sie aus der bösen Lage zu erlösen. Ich mache Ihnen daher folgenden Vorschlag. Ich zahle die fraglichen zehntausend Francs, aber ich trete dafür in alle Rechte des Juden ein und werde binnen der kürzesten Frist in den Besitz Ihrer persönlichen Güter gesetzt. Dagegen zahle ich Ihnen fünftausend Francs heraus, die dazu verwendet werden, Ihnen und Ihrer Familie Ueberfahrt nach Amerika zu bezahlen und Land in der Provinz Kansas zu kaufen. Sind die Ueberfahrt und das Land bezahlt, so bleiben Ihnen noch einige tausend Francs, um Ihre Besitzung zu bestellen. Sagt Ihnen das zu?“

Der arme Pächter war sehr aufgeregt.

„Das sind herrliche Vorschläge,“ entgegnete er, „und ohne Zweifel bin ich Ihnen für Ihre Großmuth Dank schuldig, Hermann; aber je mehr ich daran denke, desto schwieriger erscheint es mir, mit jungen Mädchen und meiner kranken Großmutter die Ueberfahrt zu machen. Und dann, Hermann, ohne Sie zu beleidigen, sind Sie auch in der Lage, Ihre Versprechungen zu halten?“

Der Agent lächelte geringschätzig und spielte mit seinem Uhrschlüssel; Nathan beeilte sich, das Wort zu nehmen.

„Ich bürge für ihn,“ sagte er, „und ich bin bereit,

jede verabredete Summe vorzustrecken, sobald mein guter Freund Reber das Document unterzeichnet hat.«

Reber hätte das offenbare Einverständniß argwöhnen können, welches zwischen diesen beiden dienstfertigen Freun= den bestand; aber sein Geist war nicht frei genug zur Beobachtung.

»Frankreich verlassen, aus diesem Hause meines Va= ters gehen,« sagte er, »eine Reise von mehreren tausend Meilen mit Weibern unternehmen und mich in einem un= bekannten Lande niederlassen, das ist ein großer Entschluß! Meine Herren, gewähren Sie mir wenigstens einige Tage, damit ich Zeit habe, mich an diesen Gedanken zu gewöh= nen; man faßt einen so ernsten Vorsatz nicht, ohne ihn ernstlich überlegt zu haben.«

»Wie Sie wollen, Reber,« entgegnete Hermann mit scheinbarer Gleichgiltigkeit; »mein Wunsch ist nur, Ihnen einen Dienst zu leisten, und dazu bin ich morgen eben so bereit wie heute.«

»Aber ich, mein guter Freund Reber,« sagte Nathan mit seinem süßlichen Tone, »ich bin nicht der Meinung. Die Wechsel sind heute verfallen und ich brauche mein bares Geld oder Sicherheit. Es ist mir unmöglich zu warten; wenn ich es gestehen muß, so sage ich Ihnen, daß der Ehrenmann, der Herr Duclet, schon seine Actenstücke bereitet hat, und ich möchte ihn nicht gern beleidigen.«

»Gewähren Sie mir wenigstens Zeit bis diesen Abend, Herr Nathan; mein Kopf steht in Feuer, ich kann einen so wichtigen Entschluß nicht fassen, ohne meine älteste Tochter zu Rathe gezogen zu haben.«

»Ich bin in Verzweiflung, mein armer Reber; ich

würde mein Blut hingeben, um Ihnen einen Kummer zu ersparen, Ihnen und Ihren reizenden Töchtern, so wie Ihrer guten Frau von einer Schwiegermutter, aber ich muß in der bestimmten Frist Alles in Ordnung bringen. Die Gesetze sind sehr hart, das gestehe ich; indeß wir müssen uns ihnen unterwerfen.«

Der Pächter schwieg einen Augenblick, die Augen zu Boden gerichtet.

»Nun gut!« sagte er mit einer Anstrengung, »da es sein muß und es kein anderes Mittel gibt —«

Er wollte seine Zustimmung aussprechen, als der Lärm von Stimmen und von Schritten sich in dem von Madame Dietrich bewohnten Zimmer erhob. Julie erschien roth und athemlos, aber freudestrahlend. Hinter ihr erblickte man das runzlige Gesicht der alten Großmutter, die ihr brummend und tastend folgte.

Julie bemerkte nicht den steifen Gruß Hermanns, die tiefe und unterwürfige Verbeugung des Juden.

»Mein Vater,« rief sie, »freue Dich! — Ich habe ihn endlich gefunden!«

»Wen denn, mein Kind?«

»Den Schatz der Großmutter. — Sieh!«

Dabei zog sie unter ihrer Schürze eine alte Brieftasche mit einem Geheimschlosse hervor.

»Ich erkenne in der That diese Brieftasche!« rief Reber. »Es ist die, welche der Notar Marais der Madame Dietrich übergab. Ich danke dir mein theures Kind. Du rettest uns Alle! Und wo hast Du diesen Fund gemacht?«

„In einem Mauerloche außerhalb, auf der Garten-
seite. Sieh nur, wie das Leder durch den Regen oder die
Feuchtigkeit farblos geworden ist. Ich würde es nimmermehr entdeckt haben, wenn die Großmutter mir nicht selbst
das Versteck gezeigt hätte."

„Du bist ein gutes Mädchen," sagte Reber, welcher
vergebens an der verrosteten Feder des Schlosses drückte.

„Diese Entdeckung kommt gerade zu rechter Zeit,
denn einen Augenblick später — Meine Herren," fügte
er mit freudigem Tone hinzu, „wir gehen nicht nach
Amerika!"

Hermann und Nathan wechselten einen unbeschreibli-
chen Blick.

„Wie Sie wollen, mein lieber Freund," sagte Nathan
auf seine gewöhnliche einschmeichelnde Weise. „Was ver-
lange ich denn? Sie glücklich zu sehen; und ob
Sie es hier oder dort drüben sind, werde ich doch stets
zufrieden sein."

„Und mir, Herr Reber," fügte Hermann hinzu, „mir
werden Sie die Gerechtigkeit widerfahren lassen, daß nur
die reinste Uneigennützigkeit meinen Vorschlag dictirte."

„Meine Herren, ich würdige, wie ich es muß, Ihre
Gesinnungen gegen mich. Aber, zum Donner, wird es
mir denn nicht gelingen dies verwünschte Schloß zu
öffnen?"

„Erlaube, Vater."

Als Julie die Brieftasche nahm, um jetzt selbst den
Versuch zu machen, die Feder spielen zu lassen, entriß ihr
Madame Dietrich, gegen die Niemand Verdacht gehegt
hatte, und die, unverständliche Worte murmelnd, von Einem

zu dem Andern gegangen war, die Brieftasche und verbarg sie in ihrem Kleide.

»Man soll es nicht haben!« rief sie mit kräftigerer und deutlicherer Stimme als gewöhnlich. »Es ist mein Gut! — Es ist meine Mitgift! — diese Bauern wollen mir Alles nehmen, was ich besitze. Wie könnte ich mich verheiraten, wenn ich keine Mitgift hätte? Man soll es nicht haben; nein, man soll es nicht haben!«

Sie ging auf die Thür zu, um zu entfliehen; der Pächter vertrat ihr den Weg.

»Keine Dummheiten, Großmutter!« rief er. »Sie haben uns lange genug suchen lassen; jetzt, wo wir den Schatz haben, soll mich der Teufel holen, wenn Sie noch länger darüber verfügen dürfen! Nun, geben Sie mir die Brieftasche und ich kaufe Ihnen ein schönes Seiden= kleid mit einer Haube, die so prachtvoll garnirt werden soll, daß man drei Meilen weit kommen wird, um sie zu sehen.«

Er benutzte den Schrecken, den der bloße Ton seiner Stimme der alten Frau einflößte, und entriß ihr ohne Mühe die Brieftasche.

»Schön!« rief er in triumphirendem Tone. »Nun, Nathan, werden wir jetzt zu Ende kommen? Schreiben Sie rasch eine Quittung nach alten Regeln und dann werden Sie mir Ihre Haken zeigen — mein guter Freund!«

Er ahmte dabei den honigsüßen Ton des Juden nach, und dieser sagte lächelnd:

»Schon undankbar, mein theurer Reber? Doch lassen Sie zuerst Ihr Geld sehen.«

Reber, der das Schloß der Brieftasche nicht zu öffnen vermochte, brach es mit einiger Anstrengung auf. Ein sorgfältig in weißes Papier gewickeltes Päckchen fiel auf den Tisch, aber man denke sich das Staunen und den Schmerz des Pächters, als er den Umschlag zerrissen hatte und in demselben statt der Banknoten nur Blätter eines alten Buches fand! Er stieß ein Wuthgeschrei aus; Hermann und Nathan lachten. Reber durchblätterte einzeln die in dem Umschlage enthaltenen Papiere, indem er hoffte zwischen denselben die kostbaren Banknoten zu finden, aber alles Nachsuchen war vergeblich; er hielt nur elende, werthlose Fetzen in der Hand.

»Wehe über mich! Wehe über uns Alle!« murmelte der arme Mann, indem er sich das Gesicht mit den Händen bedeckte.

»Muth, mein Vater!« sagte Julie. »Gott prüft uns.«

Hermann und der Jude lachten noch immer; Reber bemerkte dies endlich und richtete schon drohende Blicke auf sie, als ein neues Ereigniß seine Aufmerksamkeit in Anspruch nahm. Schmidt trat blaß und athemlos in das Ofenzimmer. Ohne sich durch die drohende Haltung des Pächters einschüchtern zu lassen, sagte er hastig:

»Herr Reber, ein Wort! aus Barmherzigkeit! Ist Fräulein Kretle noch hier?«

»Ei, wer kümmert sich um die Dirne? Laß uns in Ruhe!«

»Ich werde gehen, aber willigen Sie wenigstens ein, mir zu sagen, ob Fräulein Kretle —«

»Was sagen Sie von meiner Schwester, Schmidt?«

fragte Julie etwas beunruhigt. »Sie ist dort in ihrem Zimmer.«

»Sind Sie davon überzeugt? Sie müssen wissen, daß ich soeben, als ich das Haus in einiger Entfernung umschweifte, in der Ferne ein Frauenzimmer den Weg gegen das Gebirge verfolgen und den Fußsteig betreten sah, der zu dem Wirbelsee führt. Sie ging mit unsicheren Schritten, und wenn Fräulein Kretle nicht mehr hier wäre, so glaube ich versichern zu können ——«

»Das wollen wir gleich wissen!« sagte Julie.

Sie eilte nach dem Zimmer Kretle's; es war leer; dafür stand das Fenster offen, welches nach der äußeren Galerie führte, und ohne Zweifel war das unglückliche Kind auf diesem Wege entflohen.

»Kretle! Meine Schwester!« schrie Julie außer sich.

Niemand antwortete Reber eilte jetzt auch herbei.

»Kretle!« rief er mit einem Tone, in welchem mehr Schmerz als Drohung lag.

Es herrschte dasselbe Schweigen.

»Sie ist fort! es war wirklich Sie!« sagte Schmidt. »Eilen wir nach dem See. Dort werden wir sie finden — wenn wir zu rechter Zeit kommen.«

Und er entfloh, während der Vater und die Schwester, noch an einer Katastrophe zweifelnd, alle Winkel des Zimmers durchsuchten. Endlich fiel Julie ein Zettel in die Augen, der auf einem Tische lag. Er enthielt die wenigen, flüchtig gekritzelten und kaum leserlichen Worte:

»Lebe wohl, mein Vater! Lebe wohl, meine Schwester! — Verzeiht mir Beide!«

Das Vaterherz Reber's erwachte bei dieser neuen und fürchterlichen Prüfung.

»Meine Tochter ist verloren!« rief er mit herzzerreißendem Tone, »und es sind meine Schmähungen, meine Gewaltthätigkeiten, die sie zu diesem äußersten Schritte getrieben haben! -- Kretle, mein geliebtes Kind, komm' zurück! Ich verzeihe Dir Alles und werde Dich lieben wie ehemals!«

»Es ist zu spät, Vater,« sagte Julie. »Aber gleichviel! Eilen wir ihr dennoch zu Hilfe! Man sagt, sie sei nach dem Wirbelsee gegangen!«

Sie hatte diese Worte kaum ausgesprochen, als sie ohnmächtig zusammenbrach. Reber bemerkte dies nicht einmal.

»Ja, ja! Nach dem Wirbelsee!« wiederholte er.

Dann stürzte er aus dem Hause, gefolgt von Hermann, der, seiner gewöhnlichen Gefühllosigkeit ungeachtet, heftig ergriffen zu sein schien. Der Jude hatte den ersten günstigen Augenblick ergriffen, um sich davonzuschleichen und sich zu seinem Freunde Duclet zu begeben. Es blieb also bei der ohnmächtigen Julie Niemand zurück als die alte Großmutter; aber gleichgiltig gegen die Leiden und das Unglück ihrer Familie, raffte Madame Dietrich die auf dem Tische umherliegenden Papiere auf, legte sie wieder in die Brieftasche und brummelte dabei:

»Die Ungeheuer! Sie wollten mir meine Mitgift nehmen — aber ich zwang sie zur Zurückgabe — ich weiß selbst nicht wie! Da habe ich sie nun wieder und diesmal will ich sie gut verstecken! — Wo verberge ich sie nur?«

*

Sie ging brummend fort, indem sie sich, ihrer Ge=
wohnheit gemäß, an allen Möbeln stieß.

Sechstes Capitel.

Der Wirbelsee.

Als Albert Lovendal das Kaffeehaus verließ, wo er
Hermann dessen Verleumdungen so derb verwiesen hatte,
ging er zu Fuß die Hauptstraße des Ortes entlang. Seine
elegante Kleidung und sein ausgezeichnetes Wesen lockten
mehr als einen Neugierigen an die Thüren; man grüßte
ihn, ohne daß er darauf achtete, und während er vorüber=
ging, flüsterte man lächelnd:

»Das ist der junge Herr Lovendal, der zu Reber
geht. — Er war seit langer Zeit nicht gekommen!«

Albert schritt in der That dem Pachthofe Reber's zu,
allein als er in dessen Nähe kam, blieb er stehen.

»Was will ich thun?« sagte er, »habe ich nicht mei=
nem Vater feierlich das Wort gegeben, nie mehr meinen Fuß
in das Haus zu setzen? Indeß kann ich nicht fühllos gegen
das Unglück dieser befreundeten Familie sein. Wenn die Er=
kundigungen, die ich fortwährend eingezogen habe, mich
nicht täuschen, und die boshaften Aeußerungen Hermann's
bestätigen sie in allen Puncten, so ist der Augenblick der
letzten Krisis gekommen; die Schande und der Ruin der
Reber sind allgemein bekannt. Edle und muthige Julie!
Arme Kretle! Was wird euer Loos sein? Und was soll aus

dem würdigen Manne werden, der so redlich und so offen
ist? Ich habe geschworen, nicht in den Pachthof zurückzukehren, in meinem Herzen meine Liebe für Julie zu ersticken.
Ich trete nicht bei Reber ein, und ich bemühe mich, dies
reizende Mädchen zu vergessen; mehr kann mein Vater nicht
verlangen. Aber es wäre eine Nichtswürdigkeit, Freunde in
ihrer Noth zu verlassen. Wie soll ich ihnen zu Hilfe kommen? Ich werde es vielleicht bald erfahren. Eine Explosion
steht nahe bevor — ich werde warten!«

Er schlüpfte in den kleinen Weinberg über dem Pacht
hofe, von wo aus man Alle sehen konnte, die aus dem
Hause kamen und in dasselbe eintraten. Seit einiger Zeit
hatte Albert mehr als einmal diesen Posten eingenommen
und sich von hier aus heimlich durch den Anblick Julie's
berauscht, ohne daß er dadurch sein Wort zu brechen
glaubte. Dieses Benehmen Albert Lovendal's erklärt hin-
länglich seine Stellung gegen seinen Vater und gegen die
Familie des Pächters. Albert überließ sich nicht ohne Rück-
halt und ohne Kampf den Verlockungen seiner Leidenschaft
für ein armes Mädchen eines dem seinigen untergeordneten
Standes. Er gehörte allerdings der gegenwärtigen Genera-
tion junger Leute an, welche gern mit ihrem Herzen feil-
schen, und auf welche der kalte Verstand und die Sorge
um ihre Zukunft ihre Rechte nie ganz verlieren. Herr Lovendal Vater, ein Mann von Erfahrung, hatte diese Stim-
mung erkannt und sich beeilt, daraus Vortheil zu ziehen.
Die eifrigen Besuche seines Sohnes in dem Pachthofe beun-
ruhigten ihn, denn sie bedrohten die ehrgeizigen Pläne, die
er in Beziehung auf das theure Kind entworfen hatte; aber
er hütete sich wohl, seine Autorität geltend zu machen und

Befehle zu ertheilen, die vielleicht nicht befolgt worden
wären. Er hatte sich begnügt, mit Sanftmuth Vorstellun=
gen zu machen, die Sprache väterlicher Bitten zu reden. Ge=
schickt ein Unwohlsein benützend, das sein Alter und seine
aufreibende Thätigkeit herbeigeführt hatten, wußte er bei
seinem Sohne den Glauben zu erwecken, die Besorgnisse,
welche jene Besuche ihm verursachten, hätten ihn krank ge=
macht; dadurch entriß er dem jungen Manne das bestimmte
Versprechen, nicht mehr zu Reber zurückzukehren und die
seinen Verhältnissen nicht entsprechende Liebe zu der Toch=
ter des Pächters zu bekämpfen. Außerdem hatte er heimlich
noch andere Vorsichtsmaßregeln getroffen, deren Erfolg
wir später kennen lernen werden. Alles dessen ungeachtet
war Albert lebhaft und glühend; seine Leidenschaft wuchs
durch das Hinderniß, und wir sahen, wie er sein Verspre=
chen zu umgehen suchte, da er es nicht offen zu brechen
wagte. Mit Hilfe der Umstände konnten daher auch die Rath=
schläge der Vernunft und das gegebene Wort machtlos wer=
den gegen diese ungestüme Natur; es bedurfte vielleicht nur
einer Gelegenheit, um das Gleichgewicht zwischen der Lei=
denschaft und der Pflicht gewaltsam zu stören. Von der
Stelle, die er eingenommen hatte, konnte der junge Loven=
dal nach und nach auf den Pachthof zuerst Schmidt, dann
Nathan und endlich den Agenten Hermann kommen sehen.
Was der Jude wollte, wußte Albert nur zu gut; aber wel=
ches Interesse konnte Hermann, konnte Schmidt in diesem
Augenblicke der Krisis zu Reber führen? Darüber dachte er
nach, als ein Fenster in dem Zimmer der Tochter Reber's
vorsichtig geöffnet wurde, und ein weibliches Wesen, gehüllt
in einen Mantel, auf der hölzernen Gallerie erschien,

welche um das ganze Haus lief. Diese Person konnte nur
Julie sein, die Albert soeben in Begleitung der Groß=
mutter in dem Garten gesehen hatte; aber die Entfernung
hinderte ihn, ihr Wesen und ihre Züge zu erkennen. Nach
einem Augenblicke des Zögerns bog sie rasch um die Ecke
des Hauses, stieg eine Treppe herab, und erreichte das
offene Feld, ohne irgend einen gebahnten Weg zu ver=
folgen. Sie kam dann so nahe bei Albert vorüber, daß dieser
deutlich Kretle erkannt, ungeachtet ihrer Bemühungen, sich
zu verbergen. Er wurde sogleich durch den wankenden
Gang des jungen Mädchens ergriffen, durch dessen Bläße,
durch den finstern Ausdruck ihrer Augen, und er hatte
eine Ahnung der Wahrheit. Nach einigen Augenblicken des
Besinnens beschloß er ihr zu folgen; aber Kretle war schon
weit entfernt und als er sein Versteck verlassen wollte, be=
merkte er Schmidt, der in einiger Entfernung mitten auf
dem Wege stand und seinerseits eine große Aufmerksam=
keit auf die Flüchtige zu richten schien. Albert empfand
einen lebhaften Widerwillen, sich so nahe bei dem Pacht=
hofe zu zeigen, und er verbarg sich daher wieder hinter
dem dichten Laubwerk. Zum Glück war Schmidt, wie wir
wissen, nicht fest überzeugt, Kretle erkannt zu haben und
er begab sich daher in den Pachthof, um seinen Zweifel
aufzuklären. Nun konnte Albert seine Absicht ausführen
und er eilte in der Richtung davon, welche Kretle einge=
schlagen hatte. Er gab sich keine Rechenschaft von dem
Grunde, der ihn ihr nachtrieb, aber eine Art von Instinct
sagte ihm, daß er sich beeilen müßte und die offenbaren Ver=
muthungen Schmidt's bestätigten ihn in dieser Ansicht. Er
kannte genau die Gegend und wußte, daß er, querfeldein

gehend, vor Kretle zu jenem einsamen Theile des Gebirges gelangen würde, welchen sie erreichen zu wollen schien. Sie erstieg hastig eine steile Höhe und schritt dann, ohne sich umzusehen, einem Fichtengehölz zu, dessen dunkles Grün gegen den Himmel abstach. Albert beschloß, vor ihr dorthin zu kommen und er erkletterte die Höhe auf ihrer steilsten Seite. Obgleich die Berge der Vogesen größtentheils bis zu dem Gipfel beackert sind, war dieser so dürr, so unfruchtbar, daß der Landmann daran verzweifelte, von dem Undankbaren Nutzen zu ziehen; er war daher nur mit einem mageren Rasen bedeckt, aus dem sich hier und dort ein Ginsterstrauch oder etwas Haidekraut erhob. Lovendal ließ sich durch die Anstrengung der Ersteigung nicht entmuthigen. Sich mit Händen und Füßen helfend, erreichte er bald den Fichtenwald und gewann hier die Gewißheit, daß er dem jungen Mädchen vorausgekommen war, wie er es vermuthet hatte. Während er Athem schöpfte, sah er sie selbst kommen; sie folgte den zahlreichen Windungen des Pfades durch das Holz und glitt wie ein Schatten vor den knorrigen Stämmen der immergrünen Bäume vorüber. Eine tiefe Einsamkeit umgab sie; man hörte nichts als das Murmeln eines fernen Wasserfalles, ein Murmeln, welches so schwach war, daß es das Knistern der dürren Zweige unter ihren Füßen hören ließ. Sie glaubte sich an diesem einsamen Orte nicht mehr in Gefahr; beobachtet oder verfolgt zu werden, und hatte daher den Schritt verkürzt und den Mantel zurückgeschlagen, der einen Theil ihres Gesichtes verhüllte. Sie ging jetzt langsam, mit unentschlossenem Wesen vorwärts; zuweilen blieb sie sogar stehen, und wendete sich um, als hätte sie zurückgehen wollen;

aber bald verfolgte sie dann wieder ihren Weg und Thrä=
nen rannen über ihre Wangen herab. Die meisten dieser Ein=
zelheiten entgingen Lovendal, aber er beharrte dennoch bei
seinem Vorsatze, das junge Mädchen anzureden. Er fürch=
tete indeß, sie zu erschrecken, wenn er sich unerwartet zeigte,
und bewegte daher das Laubwerk eines Strauches, um
ihre Aufmerksamkeit zu erregen; als sie aber vorüber=
ging, ohne nur den Kopf zu erheben, sagte er mit sanfter
Stimme:

»Kretle! Fräulein Reber, wohin gehen Sie
denn so? Fürchten Sie nicht, daß Ihnen in dieser Ein=
samkeit etwas Böses begegnet?«

Kretle erbebte wie ein erschrecktes Reh; sobald sie
Albert erblickt hatte, wurde ihr Schrecken noch sichtba=
rer; ihre Thränen trockneten plötzlich und ihre Augen
schienen sich zu entflammen; sie streckte den Arm aus, wie
um eine finstere Erscheinung zurückzuweisen.

»Sie! Sie hier?« sagte sie mit bebender Stimme..
»Was erwarten Sie von mir? Haben Sie mir nicht schon
genug Böses zugefügt? — Nahen Sie sich mir nicht, spre=
chen Sie nicht mit mir, wenn Sie nicht wollen, daß ich vor
Ihren Augen sterben soll!«

Sie zitterte in der That und schien einer Ohnmacht
nahe zu sein.

»Empfangen Sie so einen Freund?« sagte Albert
verwundert. »Kommen Sie zu sich, Fräulein. Erken=
nen Sie mich denn nicht? Als ich Sie von fern allein nach
dieser einsamen Gegend gehen sah, wollte ich Sie beschü=
tzen, Ihnen meine Dienste anbieten.«

»Ich bedarf Ihrer Dienste, Ihres Schutzes nicht!

Laffen Sie mich. — Sind Sie nicht vielmehr gekommen, ein Unglück zu schmähen, welches Ihr Werk ist? Nun, Sie müssen befriedigt sein. Jetzt gehen Sie und laffen Sie mich vollbringen, was unvermeidlich ist.«

Das wirkliche oder erheuchelte Erstaunen Alberts verminderte sich nicht.

»Bei meinem Worte, Fräulein,« entgegnete Lovendal, »ich bemühe mich vergebens, Sie zu verstehen. Ein mir unbekanntes Ereigniß muß Ihre Phantasie entzündet, Ihren Verstand getrübt haben. Ich beschwöre Sie, Kretle, kommen Sie zur Besinnung. — Ich habe Sie nie beleidigt. In der Zeit, als ich so glücklich war, Ihr Haus zu besuchen, waren Sie freundlich gegen mich; Sie verwendeten sich zu meinen Gunsten bei Julie, deren Kälte oft meine Zärtlichkeit entmuthigte.«

»Wagen Sie es, solche Erinnerungen anzurufen?« unterbrach ihn Kretle mit erzürntem Tone, »erröthen Sie nicht, daß Sie es versucht haben, sich meiner zu bedienen, um meine edle Schwester zu betrügen? Sie liebten Niemand, und Sie haben das wohl bewiesen, indem Sie Ihre Besuche mit dem Tage aufgaben, an welchem wir in Betrübniß versanken.«

Lovendal glaubte endlich die Ursache des gegen ihn entfesselten Zornes zu erkennen.

»Kretle,« sagte er, »ich bitte Sie, überhäufen Sie mich nicht mit Vorwürfen. Wenn ich mich in der letzten Zeit der Besuche in dem Pachthofe enthalten habe, so sollten Sie mich deshalb beklagen, denn ich mußte einem geheiligten Willen gehorsam sein.«

»O, es wird Ihnen nicht an Entschuldigungen fehlen,

doch) Sie hüten sich wohl, die wahre anzugeben. — Aber, führ sie in sanfterem Tone fort, »wozu nützen jetzt Vorwürfe? Ich darf keinen Zorn, mehr in meinem Herzen hegen. Albert, Sie sind grausam gegen meine Schwester, gegen mich gewesen; indeß kann ich Ihnen noch verzeihen, wenn Sie mir wenigstens versprechen wollen, meine arme Julie zu schonen. Geloben Sie mir, daß Sie die traurigen Umstände, in denen sich meine Familie bald befinden wird, nicht benutzen wollen, um meiner geliebten Schwester eine Schlinge zu legen. Muß nicht ein Opfer Ihnen genügen?«

»Ein Opfer! Eine Schlinge! Was wollen Sie damit sagen? Sie sprechen in Räthseln, Kretle, und ich habe diesen beleidigenden Argwohn nicht verdient.«

»Sie halten sich daher für ganz sicher, Ihr abscheuliches Geheimniß allein zu besitzen? Es sei! Es möge in Dunkelheit und Vergessenheit begraben bleiben! Ich werde es nicht sein, die es jetzt enthüllt. Nur beschwöre ich Sie, es nicht zu versuchen, meine Schwester wieder zu sehen, ihre Ruhe zu stören; das wäre abscheulich, nichtswürdig nach dem, was vorgegangen ist. Und — sehen Sie,« fügte sie mit fieberhafter Exaltation hinzu, welche dem Wahnsinne glich, »wenn das auch mein letztes Wort sein sollte, so würde ich Ihnen doch Alles sagen; Ihr Verbrechen ist um so schändlicher, da ich Sie auch liebte, und aus Hingebung für Julie — doch genug! Leben Sie wohl, Albert, leben Sie wohl! Sie werden mich nicht mehr wiedersehen und möge Gott Ihnen die Reue senden!«

Zugleich entfloh sie und verschwand bald in den finsteren Windungen des Waldes. Ihre letzten Worte hatten

Albert verwirrt. Seine Gedanken waren so gestört, daß einige Augenblicke vergingen, bevor er seine Geistesgegen= wart wieder gewann.

Plötzlich dachte er: »Wenn die Unglückliche ein sol= ches Geständniß wagte, so muß sie entschlossen sein, zu sterben!«

Dieser Argwohn wurde für ihn bald zur Gewißheit und er lief auf dem Fußpfade fort, indem er mit aller Kraft rief:

»Kretle! Theure Kretle! Wo sind Sie?«

Sie antwortete nicht, aber in der Ferne ertönten Rufe in entgegengesetzter Richtung von der, welche das junge Mädchen verfolgt hatte; Albert bekümmerte sich deshalb auch nicht darum. Den Werth jeder Minute erkennend, hörte er auf zu rufen, drang gerade durch das Gebüsch und wendete sich dem wilden Orte des Wirbelsees zu. Dieser Ort hatte ein Aussehen, welches ganz in Harmonie mit dem finstern Drama stand, dessen Schauplatz zu werden er be= stimmt zu sein schien. Es war ein rundes Becken steiler Felsen, beschattet mit Fichten= und Lärchenbäumen. In der Mitte lag ein kleiner See, in welchem die Gewässer mehre= rer umliegenden Quellen sich vereinigten; diese Gewässer bildeten den Bach, welcher das Jochthal befruchtete. Ihre große Klarheit ließ auf dem Grunde die Forellen sehen, die auf dem Kies zwischen Büschen von Kresse, Münze und anderen Gewächsen umherschwammen. Der See hatte eine entschieden schwarze Färbung, entweder von seiner großen Tiefe oder von den Schatten, welche Bäume und Felsen auf seinen Spiegel warfen. Uebrigens zeigte die Fläche dieses eiskalten Wassers an verschiedenen Punkten

Wirbel und Strudel, welche eine innere Bewegung verriethen. In der That sagte die Tradition, daß das Wasser,
ehe es das Becken verließ, in furchtbare Schlünde mit einer
Gewalt gerissen würde, gegen welche die Kunst des besten
Schwimmers ohnmächtig wäre, und diesem Umstande verdankte der Ort wahrscheinlich seinen Namen. Es konnte
nichts Melancholischeres geben, als diese Art von Circus,
in welchen die Sonne nur einige Strahlen senkte, wenn sie
ihren höchsten Stand erreicht hatte. Kein Gesang der Vögel
erheiterte die Einsamkeit; man hörte kein anderes Geräusch,
als das schwache und ferne Murmeln des Wasserfalles, von
dem wir schon sprachen, und dieses Murmeln hatte den
Charakter einer unerklärlichen Traurigkeit. Albert ließ die
Blicke ängstlich umherschweifen, aber er bemerkte die Person nicht, die er suchte; er rief, und das Echo sendete ihm
seinen Ruf mit einer Art von Spötterei zurück. Dagegen
ertönte das Schreien, welches er schon gehört hatte, neuer-
dings hinter ihm und es schien näher zu kommen. Ohne
Zweifel hatten auch andere Personen die Absicht Kretle's
errathen und eilten zu ihrer Hilfe herbei. Indeß konnte
das junge Mädchen nicht weit entfernt sein und dessen
Hartnäckigkeit, sich zu verbergen, war von der schlimmsten
Vorbedeutung. Endlich bemerkte Albert eine menschliche
Gestalt auf der andern Seite des Sees auf einem Felsen,
dessen Fuß sich in das Wasser senkte. Dieser Fels von
schwärzlicher Farbe hatte gegen das Drittel seiner Höhe
eine Art kleiner Fläche, welche über dem See hing. Die
Leute der Gegend nannten diese Fläche die Kanzel, weil sie
mit einer solchen Aehnlichkeit hatte. Es war in der That
Kretle, welche auf diesem Vorsprunge stand, zu dem man

auf einem Fußpfade gelangte, welchen die Kinder der Nach=
barschaft getreten hatten. Sie lag auf den Knien und
betete. Als Albert sie erkannte, streckte er die Arme gegen
sie aus und rief sie laut; sie gewährte ihm kein Zeichen der
Aufmerksamkeit. Lovendal würde Alles auf der Welt dafür
gegeben haben, bei ihr zu sein; aber er zweifelte nicht, daß
das junge Mädchen, während er den Weg um den See
machte, die Kanzel zu erreichen, in ihrem Schrecken, sich
beeilen würde, den Plan auszuführen, der sie in diese Ein=
öde gebracht hatte. Er blieb daher stehen und überwachte
jede Bewegung Kretle's, indem er zugleich die wärmsten
Bitten an sie richtete. Als Kretle ihr Gebet beendigt hatte,
erhob sie sich und blieb regungslos stehen. Albert glaubte,
sie zögerte in dem Augenblicke der Vollbringung des fürch=
terlichen Opfers.

„Kretle,“ rief er mit einer Stimme, die bis zu ihr
dringen mußte, „denken Sie an Ihre Schwester, denken
Sie an Ihren Vater, denken Sie an Gott!“

Das junge Mädchen sah ihn an und schüttelte statt
aller Antwort traurig den Kopf; dann machte sie das
Zeichen des Kreuzes, legte schamhaft ihre Kleider um
ihren Körper und sprang in die Tiefe des Sees hinab. Als
das wirbelnde Wasser sich über ihr schloß, ertönten Schre=
ckensschreie am Rande des Beckens; man hatte das Ereig=
niß gesehen, mehrere Personen eilten athemlos herbei.
Aber Albert bekümmerte sich nicht um sie; das Auge auf
die Stelle gerichtet, an der die arme Kretle verschwunden
war, stürzte auch er sich in den See. Er war ein guter
Schwimmer und die Größe der Gefahr steigerte seine
Kraft; aber seine Kleider hinderten ihn und die Kälte des

Wassers erstarrte seine Glieder; doch nichts konnte ihn
entmuthigen und zu der verhängnißvollen Stelle gelangt,
tauchte er entschlossen unter. Die Vorsehung begünstigte
seine Anstrengungen: seine Hand traf auf Kretle. Er ergriff
sie mit krampfhafter Heftigkeit, preßte sie mit einem Arme
an seine Brust, schwamm mit dem andern und brachte sie
glücklich an die Oberfläche. Sobald sich Beide über dem
Wasser zeigten, riefen die Personen. die an dem Rande des
Beckens standen, ihnen zu gleicher Zeit zu; es waren
Reber, Schmidt und der Agent Hermann, wie man dies
ohne Zweifel schon errathen hat. Zum Unglück konnte
keiner von ihnen schwimmen und sie vermochten daher auch
keine Hilfe zu bringen. Der arme Vater, der vor Schreck
halb wahnsinnig war, machte heftige Bewegungen, ohne zu
bemerken, daß er dabei mit den Füßen im Wasser stand,
und rief Lovendal, den er erkannt hatte, zu:

„Muth! Muth, Herr Albert! — Halten Sie sie fest!
— Retten Sie sie — sie ist ungeachtet ihres Unrechts mein
geliebtes Kind, und wenn ich sie verlieren sollte, würde ich
von ewiger Reue gequält werden! — Muth — und der
Segen eines rechtschaffenen Mannes belohne Sie!"

Schmidt beugte sich über das Wassertuch und
folgte mit der gespanntesten Aufmerksamkeit jeder Bewegung Alberts.

„Links! Halten Sie sich links, Herr Lovendal!" schrie
er voll Angst. „Vermeiden Sie den Strudel, der nur zwei
Schritte weit rechts von Ihnen ist. Wenn Sie sich von dem
Wirbel erfassen lassen, sind Sie verloren!"

Diese Ermahnung war nutzlos; das Wasser, das vor
den Ohren Alberts brauste, verhinderte ihn, den Rath zu

hören; übrigens lähmten auch die Anstrengung, die Kälte, der Mangel an Athem bereits sein Fassungsvermögen. Statt die Richtung einzuschlagen, welche Schmidt andeutete, schwamm er maschinenmäßig dem gefährlichen Orte zu. Plötzlich fühlte er sich durch eine unbekannte, aber mächtige, unwiderstehliche Gewalt in die Tiefe gezogen. Der Wirbel hatte ihn erfaßt. Als der brave junge Mann diese Gewißheit erkannte, stählte er seine Kraft, um dieser verhängnißvollen Gewalt der Anziehung zu widerstehen; aber seine krampfhaften Bewegungen waren schlecht berech=net, daher ungenügend und vielleicht hätte auch, wie man sagte, kein Schwimmer widerstehen können. Die Kräfte Alberts schwanden schnell und er fühlte, wie der feindliche Einfluß ihn besiegte. Von Schwindel ergriffen, bewegte er sich noch ein wenig, ohne seine Last loszulassen, und sank dann in den Abgrund. Ehe er verschwand, stieß er indeß einen Schrei aus, jenen Todesschrei, den man nie wieder vergißt, wenn man ihn auch nur einmal gehört hat. Ein kaum minder entsetzlicher Schrei antwortete von dem Ufer des Sees.

»Ich fürchtete es!« sagte Schmidt voll Verzweiflung. »Mein Gott, erbarme Dich ihrer Seelen!«

»Meine Tochter, meine arme Tochter!« rief hände=ringend Reber; »und ich bin durch meine Rohheit, durch meine Ungerechtigkeit die Ursache dieses Unglücks!«

Selbst Hermann schien vernichtet zu sein; er wendete den Kopf ab, um die finstere Wasserfläche nicht zu sehen, die sich wie ein Leichentuch über den beiden schönen jungen Menschen schloß, welche noch soeben voll Leben und Gesund=heit gewesen waren. Ungeachtet seines Schmerzes fuhr

Schmidt fort, die Oberfläche des Sees zu beobachten. Wir sagten, daß die Klarheit des Wassers es gestattete, die Gegenstände in einer großen Tiefe zu erkennen; plötzlich glaubte der Schulmeister etwas zu bemerken, was sich zwischen zwei Strömungen bewegte, etwa zehn bis zwölf Schritte von dem Ufer entfernt. Das waren ohne Zweifel die Ertrunkenen, die durch einen unteren Wirbel gehoben, oder, wie das öfters geschieht, durch eine Laune des Strudels zurückgeworfen worden waren. Schmidt verlor die Geistesgegenwart nicht.

»Bilden wir eine Kette!« rief er ungestüm. »Herr Hermann, Herr Reber, reichen Sie sich schnell die Hände. Es bleibt uns noch diese eine Aussicht sie zu retten!«

Weder Hermann noch Reber begriffen seine Absicht; Schmidt erklärte sie ihnen hastig durch eine ausdrucksvolle Pantomime. Der Agent mußte sich mit einer Hand an einen langen Weidenast klammern, der auf das Ufer herabhing; die andere Hand reichte er Reber, welcher bis an den Gürtel im Wasser stand und seinerseits Schmidt die Hand gab. Dieser hatte den gefahrvollsten Posten: er sollte die Ertrunkenen fassen und sie an das Ufer ziehen. Einige Secunden hatten genügt, um diese Anordnungen zu treffen. Der Schulmeister, welcher jetzt nur noch den Kopf außerhalb des Wassers hatte, hielt sich regungslos und sein Blick schien die Tiefe des Abgrundes zu erforschen. Waren denn die unglücklichen jungen Leute nicht mehr zu erreichen? Waren sie durch eine neue Laune der Strömungen und Wirbel fortgerissen worden? Niemand wagte es Schmidt zu fragen; da tauchte dieser plötzlich unter. Die Kette spannte sich so, daß die Glieder derer krachten, welche sie

bildeten; dann wurde die Anstrengung langsamer, regel=
mäßiger. Endlich erschien der Kopf des jungen Mannes
über dem Wasser und man konnte sehen, daß er zwei
Körper nachzog, die sich eng umschlungen hielten.

»Er hat sie,« murmelte Reber. »Muth!«

Er selbst schonte sich nicht; er würde sich lieber haben
viertheilen lassen, als daß er losgelassen hätte. Bald ver=
ließen Alle das Wasser, fest aneinanderhängend wie
Kletten und befanden sich an dem Ufer in Sicherheit.
Kretle und Albert waren vollkommen leblos. Schmidt
sank in einem nur wenig besseren Zustande zu Boden. In
diesem Augenblicke erschienen neue Personen am Saume
des Waldes und eilten zu Hilfe. In ihrer Mitte befand
sich ein junges Mädchen, die Kleider in Unordnung; athem=
los rief sie mit herzzerreißendem Tone:

»Mein Vater! Meine arme Schwester!«

Als Julie kaum aus ihrer Ohnmacht zu sich gekom=
men war, wollte sie ebenfalls nach dem Wirbelsee eilen,
und ließ sich von allen Leuten des Pachthofes begleiten,
von allen Personen, die sie auf ihrem Wege fand. Eine
Stunde später waren die Hauptpersonen des fürchterlichen
Auftrittes, den wir geschildert haben, in einem großen
Gemache beisammen, dessen Fußboden und Wände mit
Fichtenbretern bekleidet waren. Man hörte ein dumpfes,
ununterbrochenes Getöse, das Rauschen eines Wasserfalles,
das Klappern von Rädern, besonders aber den gewaltigen
Lärm von Maschinen, unter denen zuweilen das Gebäude
erbebte. Man befand sich in einer mechanischen Sägemühle,
die, zwei oder dreihundert Schritte von dem See entfernt,
an dem Wasser des Baches lag, dessen Strömung als Trieb=

kraft der Maschine diente. Es gab keine nähere Wohnung,
und man hatte hierher Kretle und Lovendal gebracht, deren
gefährlicher Zustand unmittelbare Pflege heischte. Jedes
von ihnen lag in einem Bett, das mit Sergevorhängen um=
geben war. Der eiligst herbeigerufene Arzt des Jochthales
ging von einem der Kranken zu dem andern und gewährte
Beiden den Beistand seiner Kunst. Julie und die Frauen
des Hauses waren um Kretle beschäftigt, während Reber
und Schmidt, die in ihren durchnäßten Kleidern vor Frost
klapperten, sich um Lovendal bemühten. Hermann war zwar
nur bis an die Kniee in dem Wasser gewesen, aber er
hielt sich beständig neben einem eisernen Ofen, den man
schnell geheizt hatte, und der durch das Rauschen seines Zu=
ges die Maschinen zu übertönen begann. Kretle war zum
Bewußtsein zurückgekehrt, aber man hatte zu einem Ader=
laß Zuflucht nehmen müssen, und mit sorgenvoller Stirn
erklärte der Arzt, daß er ihretwegen nicht ohne Unruhe sei.
Albert dagegen erholte sich schnell von der fürchterlichen Er=
schütterung. Aus seiner Ohnmacht erwacht, nahm er einen
stärkenden Trank und wollte dann zu seinem Vater zurück=
kehren, bevor die Nachricht des Ereignisses, wie gewöhnlich
vergrößert und entstellt, bis zu dem Fabrikanten gelangte.
Er ließ daher sein Pferd aus dem Wirthshause des Joch=
thales holen, und da seine Kleider noch nicht Zeit gehabt
hatten zu trocknen, traf er in einem geborgten Anzuge An=
stalt zu seiner Entfernung. Indem er Abschied nahm, dankte
er denen, welche ihm Beistand in der Gefahr geleistet hat=
ten, der er auf eine so wunderbare Weise entronnen war.
Seine Danksagungen waren höflich, aber kalt gegen Her=
mann. Dieser zeigte sich übrigens verlegen, gezwungen und

*

schien mehr der Gewalt der Umstände nachgegeben zu haben, als einer wirklichen Theilnahme für die Familie Reber. Der Pächter wollte Alberts Dankesäußerungen nicht
einmal hören.

„Sprechen wir davon nicht, Herr Albert,“ sagte er,
indem er ihm die Hand kräftig schüttelte; „Sie sind ein braver Junge, obgleich Sie uns in der letzten Zeit sehr ver-
nachlässigt haben, und es ist ein großes Glück, daß Gott
Sie eben heute auf den Weg meiner unglücklichen Tochter
führte. Wenn Sie also durchaus Jemand danken wollen, so
danken Sie dem guten Schmidt, der bei der Sache Alles
leitete; denn ich — das gestehe ich — hatte den Kopf verloren. Schmidt hatte den Gedanken der Kette, mit deren
Hilfe wir Sie aus dem Wirbel zogen; er war es, der in
das Wasser ging und darin so tief untertauchte, daß ich
meiner Treu glaubte, er wäre selbst ertrunken. Es wird daher auch in Zukunft zwischen uns eine Freundschaft für das
Leben und für den Tod sein; nicht wahr, Schmidt?“

Der Schulmeister, dessen Kleider trieften, ohne daß er
es zu bemerken schien, stammelte schüchtern einige undeut-
liche Worte.

„Ich will keine meiner Verpflichtungen gegen Herrn
Schmidt abläugnen,“ sagte Albert, indem er herzlich die
Hand des armen Burschen drückte; „ich hoffe, daß er mich
von jetzt an als seinen Freund betrachten wird.“

„Sie überhäufen mich mit Ihrer Güte, Herr Albert,
entgegnete Schmidt verlegen; „mein Benehmen ist einfach
und natürlich gewesen; ich lief persönlich gar keine Gefahr,
Sie dagegen haben sich mit blinder Verwegenheit in den
See gestürzt und Sie mußten das beinahe theuer bezahlen.“

»Er hat Recht!« rief Reber. »Ohne seinen Antheil
der Aufopferung verringern zu wollen, sind wir doch zu=
nächst und besonders Ihnen unsere Dankbarkeit schuldig, Herr
Lovendal. Nun, Julie,« fuhr er fort, indem er sich zu seiner
ältesten Tochter wendete, die neben dem Bette Kretle's
stand. »Herr Albert verläßt uns; hast Du kein Wort der
Dankbarkeit für ihn?«

Julie näherte sich, erröthend und verwirrt.

»Herr Albert,« sagte sie, »kann nicht an den Gefüh=
len zweifeln, die mich beseelen. Niemand bewundert mehr
als ich seinen Muth, seine Großmuth; Niemand empfin=
det eine lebhaftere und tiefere Dankbarkeit —«

Der zurückhaltende Ton des jungen Mädchens verdroß
den Pächter, der nach der Art leidenschaftlicher Naturen in
Allem überspannt war.

»Morbleu!« rief er; »sprichst Du so zu dem braven
jungen Manne, der soeben das Leben deiner Schwester ret=
tete und mir selbst ewige Reue ersparte? Küsse ihn viel=
mehr! — Nun, keine Ziererei! Zum Teufel, Du bist ihm
das wohl schuldig!«

Um ihrem Vater zu gehorchen, hielt Julie mit gestei=
gerter Verwirrung ihre Wange hin, da ertönte hinter ihr
ein gellender Schrei. In dem Spalt des Bettvorhanges er=
schien der Kopf und der entblößte Arm Kretle's; ein weißer
fleischiger Arm, noch umgeben mit der blutigen Binde; ein
bleicher Kopf, dessen blonde, umherhängende Haare wegen
des Wassers, mit dem sie durchnäßt waren, jetzt schwarz er=
schienen.

»Nein, nein, meine Schwester!« rief die Kranke hef=

tig, „gib ihm keinen Kuß, ich beschwöre Dich; berühre ihn
nicht; sieh ihn nicht an, verstoße ihn vielmehr aus deinem
Herzen und vergiß selbst seinen Namen. — Ich kann ihm
keinen Dank für seine vorgeblichen Dienste sagen. Weßhalb
ließ er mich nicht sterben? Aber er wollte meine Marter
verlängern, er, der mich schon dazu verurtheilt hatte, ein
niedriges, elendes Geschöpf zu sein."

Alle Anwesenden wurden durch diese unerwartete Ent=
hüllung von Entsetzen ergriffen. Julie fühlte ihr Herz zu
schmerzlich verletzt, um nicht aus ihrer gewöhnlichen Zu=
rückhaltung herauszutreten.

„Schwester," rief sie, „ist es nicht das Delirium des
Fiebers, welches Dich so reden läßt? Sollte er es gewesen
sein, der nichtswürdig genug war — "

„Er ist es gewesen," antwortete Kretle mit deutlicher
Stimme.

Sie sah Julie taumeln.

„Verzeihe mir!" fuhr sie fort. „Ich wollte dies ab=
scheuliche Geheimniß, welches weder deine Bitten noch die
Befehle meines Vaters mir zu entreißen vermochten, mit
mir in das Grab nehmen. Ich wußte, wie fürchterlich der
Schlag für Dich sein würde, und ich wollte ihn Dir erspa=
ren; aber deine lebhafte Dankbarkeit für diese sogenannte
Wohlthat — "

Sie konnte nicht weiter sprechen und sank sterbend auf
ihr Lager zurück; der Doctor eilte zu ihr.

„Du hast Recht, Kretle," sagte die älteste Tochter
Reber's, indem sie auf Lovendal einen Blick der Verachtung
richtete; „die Dankbarkeit hätte Gefahren herbeiführen
können, die jetzt nicht mehr zu fürchten sind."

Albert, der anfangs durch diese ernste Beschuldigung vernichtet war, kam bei dem Vorwurfe Julie's wieder zu sich.

„Fräulein,“ sagte er mit Entschiedenheit, „es liegt darin ein verhängnißvolles Mißverständniß. Ich bin bereit, bei meiner Ehre zu schwören —“

„Still Alle!“ unterbrach ihn der Arzt mit leiser Stimme und dem Tone der Autorität, „es bricht eine Krisis aus und die geringste Aufregung kann die Kranke tödten.“

Er kehrte zu Kretle zurück, welche unterdrückte Seufzer ausstieß. Albert, der außer sich war, wollte sich noch vertheidigen, aber Reber ergriff ihn mit eiserner Hand und zog ihn auf den Hof, wo das gesattelte Pferd seiner wartete.

„Gehen Sie, mein Herr, gehen Sie schnell,“ sagte der Pächter. „Ich will in diesem Augenblicke keinen heftigen Auftritt, aber wir sehen uns bald wieder, darauf dürfen Sie rechnen. — Sie sind sehr glücklich, daß ein Schein der Aufopferung Sie heute gegen meinen Zorn schützt, denn ich werde Sie tödten, so wahr ich ein Christ bin.“

„Herr Reber, meine Herren,“ entgegnete Albert, der sich zugleich an den Pächter, sowie an Schmidt und Hermann wendete, die demselben gefolgt waren, „ich nehme den Himmel zum Zeugen —“

„Es ist nutzlos, gehen Sie!“

Albert fühlte, daß er von diesen aufgeregten und befangenen Gemüthern nichts erlangen würde; er schwieg daher und schwang sich in den Sattel.

„Herr Reber,“ sagte er in dem Augenblicke, als er

die Schneidemühle verließ, »ich bitte Sie nur um das Eine,
Ihr Urtheil zu verschieben, bis Sie neue Erkundigungen
eingezogen haben; dann werden Sie Ihren Irrthum erkennen und ihn bereuen, davon bin ich überzeugt.«

Er gab seinem Pferde die Sporen und entfernte sich;
Reber und Schmidt waren nachdenkend; offenbar hatten
die Betheuerungen des jungen Mannes auf sie einen gewissen Eindruck gemacht.

»Pah! Jeder böse Fall läßt sich leugnen,« sagte
Hermann lachend; »in einer solchen Lage ist es üblich, alle
möglichen Eide zu leisten. Nun, sehen Sie,« fügte er iro-
nisch hinzu, »ich hätte solche Entdeckungen nicht erwartet.
Meiner Treu', das Leben ist eine sonderbare Sache!«

Reber und der Schulmeister, die in ihre Betrachtun-
gen versunken waren, dachten nicht daran, diese Worte auf-
zufassen, welche von einer großen Herzlosigkeit zeugten.

Am Abend brachte Kretle ein todtes Kind zur Welt.

Siebentes Capitel.

Die beiden Schwestern.

Ein Monat war verflossen und keine günstige Ver-
änderung in der Lage der Familie Reber eingetreten. Im
Gegentheile verwirklichten sich die Drohungen Nathans
und der Untergang des Pächters wurde von Tag zu Tag
gewisser. Seine Besitzungen sollten verkauft werden, und
als einige Leute noch zweifelten, sah man eines Morgens
auf der Hauptthüre der Wohnung einen großen rothen

Anschlagzettel, der in koloſſalen Buchſtaben die Ueberſchrift trug: »Oeffentlicher Zwangsverkauf.« Andererſeits war wenige Tage nach den Ereigniſſen am Wirbelſee Kretle zu ihrem Vater gebracht worden, wo ſie, Dank der ſorg= ſamſten Pflege, bald wieder hergeſtellt wurde. Reber, deſ= ſen Herz eben ſo gut war, wie ſeine Leidenſchaften heftig, wurde durch die Verzweiflung ſeiner Tochter gerührt und hatte ihr aufrichtig verziehen. Es ſchien daher, als ſollten die gegenſeitige Einigkeit und Zuneigung dem Vater und den Kindern Erſatz leiſten für die Widerwärtigkeiten, mit denen ſie beſtürmt wurden. Aber ſie hatten ihre Rechnung ohne die öffentliche Meinung gemacht, welche auf dem Lande noch unerbittlicher iſt, als in den Städten. In der That hatten die Verführung Kretle's und der Selbſtmordverſuch, welcher die Folge davon war, in dem Orte und in dem ganzen Jochthale großen Lärm gemacht. Die Schönheit der Töchter Reber's, ihr ausgezeichnetes Weſen, ihre ſorgfäl= tige Kleidung hatten, wie wir wiſſen, den Neid vieler Mütter erregt, den Stolz vieler jungen Mädchen verletzt. Reber ſeinerſeits hatte durch ſein barſches Weſen und ſeine Heftigkeit ebenfalls viele Menſchen gegen ſich eingenommen. Die natürliche Bosheit des Menſchengeſchlechtes that das Uebrige, und bald äußerte ſich eine allgemeine Feindſelig= keit gegen dieſelbe Familie, welche gleichwohl des Mitleids würdiger war als der Verachtung und des Haſſes. An= fangs waren es nur Geflüſter und unterdrücktes Lachen ge= weſen, wenn Reber oder Julie vorübergingen, während Kretle noch krank in dem Pachthofe lag; dann hatten die Spöttereien herbere, beleidigendere Formen angenommen, bis ſie zuletzt zu einer wahren Verfolgung wurden. Als

Kretle endlich genesen war, wollte sie sich eines Morgens mit ihrer Schwester zur Kirche begeben, da wurden die beiden Mädchen von ihren ehemaligen Gespielinnen geflohen wie Pestkranke. Keine sprach mit ihnen, keine antwortete auf ihre Fragen. Ein Spottgesang, halb in deutscher Sprache, halb in lothringischem Dialekt, war von irgend einem Schöngeiste, wahrscheinlich einem verschmähten Liebhaber, auf das Unglück Kretle's gedichtet worden, und dieser Gesang ertönte beständig, wo der Vater oder seine Töchter vorübergingen. Jeden Abend sangen die jungen Leute der Gegend ihn im Chore unter den Fenstern des Hauses; die Arbeiter der Fabrik des Herrn Lovendal, welche zuweilen bis nach dem Orte gingen, um hier ihre Zügellosigkeiten zu üben, heulten ihn auf den Straßen oder in den Wirthshäusern des Ortes. Julie wurde in diesem unwürdigen Machwerke kaum mehr geschont, als ihre Schwester, und bald gediehen die Sachen so weit, daß beide Mädchen aus Furcht vor Beschimpfungen nicht mehr auszugehen wagten. Aber selbst ihre Zurückgezogenheit schützte sie nicht vor beleidigenden Angriffen; anonyme Briefe voll der gröbsten Schmähungen kamen nach dem Pachthofe; verleumderische Anschläge wurden während der Nacht auf die Eingangsthür geklebt: kurz, ein böser Geist schien sich gegen dieses Haus entfesselt zu haben, um dessen bevorstehenden Sturz noch trauriger, noch schmachvoller zu machen. Ursprünglich hatte Reber, der durch andere Gedanken beschäftigt wurde, diese Angriffe verachten wollen, aber sie waren so entschieden, so offen geworden, daß er sich gezwungen sah, sie mit aller Macht zurückzuweisen. Gewisse Spötter waren derb bestraft worden; man sprach von gebrochenen Rippen und eingeschlagenen Köpfen. Aber was konnte ein Mann gegen eine ganze Bevölkerung aus= richten? Diese Züchtigungen hatten die einzige Wirkung, die Verfolger klüger zu machen; die Verfolgung dauerte deshalb nicht minder eifrig, nicht minder erbittert fort und Niemand konnte das Ende derselben absehen. Es entstand daher rings um die arme Familie eine immer größere Leere; außer Denen, welche in Geschäften auf den Pacht= hof kamen, waren es nur Schmidt und Hermann, die sich noch auf demselben zeigten. Schmidt, fortwährend schüch= tern und zurückhaltend, schien grausam durch die Ge= ringschätzung zu leiden, welche man diesen ihm theu= ren Personen zeigte; aber er beschränkte sich auf Vorstellungen, und diese fruchteten wegen seiner demü= thigen Lage zu nichts; sein Charakter hielt ihn indeß ab, weiter zu gehen. Hermann zeigte, ungeachtet der Zwei= deutigkeit seines früheren Benehmens, etwas mehr Eifer, Reber und dessen Tochter zu vertheidigen; mehrmals hatte er sogar öffentlich, sowohl in dem Kaffeehause, wie auf dem Tanzsaale des Ortes, eine ungeschickte Vertheidigung Kretle's versucht. Dagegen versicherte man, daß man ihn in seinem vertrauteren Umgange über gewisse Scherze hätte lächeln sehen, die auf Kosten des armen Kindes gemacht wurden. Uebrigens schrieb er sich bescheiden die ganze Ehre der Rettung Kretle's aus dem Wirbelsee zu, und erwähnte niemals weder Lovendal noch Schmidt. Was Albert be= trifft, so hatte er sich seit dem Ereignisse nicht ein einziges Mal in dem Pachthofe gezeigt, was man sich leicht er= klärte, denn es war Niemand unbekannt, daß Kretle ihn als ihren Verführer bezeichnet hatte, und die öffentliche

Meinung, die stets einfältig und boshaft ist, zeigte sich
voll Nachsicht gegen den, welchen ihre Verachtung hätte
treffen sollen. Eines Morgens waren die beiden Schwe=
stern damit beschäftigt, die Stube ihrer Großmutter in
Ordnung zu bringen. Julie hatte noch immer jenes ernste,
zurückhaltende Wesen, welches wir an ihr kennen, nur
breitete sich eine entschiedenere Färbung der Melancholie
über ihre edlen, regelmäßigen Züge. Kretle war noch
etwas bläß, aber sie schien sich vollständig von ihrem Lei=
den erholt zu haben, und die Kraft der Jugend verwischte
die Spuren derselben mehr und mehr. Sie war traurig
wie ihre Schwester, aber man hätte glauben können, ihr
lebhafter und heiterer Charakter warte nur auf eine Gele=
genheit, sich wieder zu zeigen, und das Lächeln wäre be=
reit, ihre frischen Lippen wieder zu umspielen. Bei dem
Laufe der Dinge konnte unglücklicherweise diese Gelegenheit
noch lange auf sich warten lassen, und stündlich drängte un=
erwarteter Kummer diese Neigungen ihrer heitern Natur
wieder zurück. Die alte Dietrich umschlich ihre Enkelinnen
gleichgiltig gegen deren Sorgen und sie war fortwährend
den jungen Hauswirthinnen im Wege, die gleichwohl kein
hartes Wort für ihre Dummheiten hatten. Reber trat in
diesem Augenblicke ein; er sah aufgeregt aus und zerriß
ein Papier, das er in der Hand hielt, in kleine Stücke.

„Es ist unerträglich!" rief er voll Verzweiflung, in=
dem er sich auf einen Sessel warf. »Werden denn die
nichtswürdigen Schurken nicht müde, uns zu quälen? Es
ist um den Verstand zu verlieren!«

Die beiden Schwestern hatten ihre Arbeit unterbro=
chen und sahen ihren Vater voll Besorgniß an. Kretle

eilte auf ihn zu, umschloß ihn mit ihren Armen und hing sich an seinen Hals. Julie, die ruhiger war, fragte schüchtern:

»Wie, Vater, hast Du diesen Morgen wieder böse Nachrichten erhalten? Sollte Nathan wieder eine neue, teuflische Chikane ersonnen haben?«

»Es ist nicht das, meine Kinder,« entgegnete der Pächter, indem er sich sanft von der Umschlingung seiner jüngsten Tochter losmachte. »Der Jude und sein Freund Duclet haben mir schon alles denkbare Böse zugefügt, und ich erwarte von ihnen keine Schonung. Der Verkauf meiner armen Stückchen Land wird in zwei Tagen bei dem Notar des Joches stattfinden, und man muß sich in das unvermeidliche Unglück fügen. Was mich in diesem Augenblicke aufregt und außer mir bringt, ist ein Anschlag, den ich an unserer Thür gefunden habe, und der noch boshafter, noch nichtswürdiger ist, als alle andern. Ich habe ihn abgerissen und Ihr seht, wie ich ihn behandle. Weshalb kann ich nicht eben so auch den verabscheuenswerthen Schuft zerreißen, der ihn geschrieben hat!«

»Mein Gott,« sagte Julie, »kann denn nichts diesen Haß sättigen?«

»Mein guter Vater, meine theure Schwester,« rief Kretle, indem sie in Thränen ausbrach, »ich bin die alleinige Ursache dieser Beschimpfungen; die Nachsicht, die Ihr mir beweiset, macht Euch in den Augen der Boshaften zu meinen Mitschuldigen. Ich darf dies nicht länger dulden! Das hieße euere großmüthige Verzeihung schlecht vergelten, und Ihr dürft nicht die Last der Verachtung tragen, die ich allein verdiene. Ich bin daher entschlossen, mich von Euch zu trennen, wie schwer es mir auch wird. Ich werde gehen und diese Gegend verlassen, in der man so strenge gegen mein unfreiwilliges Unrecht ist; vielleicht werden unsere unbekannten Feinde sich dann entschließen, Euch zu schonen.«

Reber zog seine Tochter zwischen seine Kniee, legte seine breite Hand auf den blonden Kopf Kretle's und sagte traurig:

»Liebe Kleine, bedenkst Du auch, was Du sagst? Du willst fort? Und wohin würdest Du gehen?«

»Was weiß ich, mein Vater! Nach einer großen Stadt der Nachbarschaft; nach Kolmar, nach Straßburg; überall hin, wo ich Hoffnung hätte, meine verhängnißvolle Vergangenheit zu verbergen, und unbekannt von meiner Arbeit zu leben. Ja, ich würde selbst nicht zögern zu dienen, wenn nur meine Abwesenheit diesen abscheulichen Verfolgungen ein Ende machte.«

»Dienen, meine Schwester!« rief Julie schmerzlich. »Du, die Du so zart und so stolz bist?«

»Weshalb nicht, Julie? Sagt man nicht, daß die Arbeit erhebt und läutert? Welche Demüthigung könnte übrigens die aufwiegen, die ich hier für Euch und für mich selbst erdulde?«

»Man spreche mir nicht mehr von diesem Plane,« sagte Reber barsch. »Vielleicht würde unser Aller Lage nicht viel besser sein, als die, zu welcher die arme Kretle sich entschlossen zeigt; aber wir würden wenigstens vereint leben und leiden. Ich habe mich noch nicht entschließen können; wenn ich an die Zukunft denke, bekomme ich Fieber und mein Kopf brennt; nur will ich nicht, daß wir uns trennen.«

»Weshalb,« sagte Julie, »nimmst Du dann nicht den Vorschlag an, den Herr Hermann Dir so oft gemacht hat, und den er noch gestern in unserer Gegenwart wiederholte? Weshalb sollten wir nicht das Jochthal verlassen und nach Amerika gehen?«

»Würdet Ihr dareinwilligen, meine Kinder?«

»Vom ganzen Herzen!« rief Julie.

»Und ich ebenso,« versicherte Kretle; »ich könnte in diesem Lande keine Ruhe mehr finden.«

»Also hält Euch hier nichts zurück?«

»Nichts!« entgegnete Julie.

»Nichts!« wiederholte ihre Schwester.

Der Pächter wurde nachdenkend, endlich sagte er:

»Wir wollen sehen; ich bebe noch immer vor diesem verzweifelten Entschlusse zurück. Ihr scheint mir sehr jung und zu schwach zu sein, um den Anstrengungen und Gefahren einer so weiten Reise zu trotzen. Hermann meint es ohne Zweifel aufrichtig mit seinem Enthusiasmus, aber er kann sich getäuscht haben oder getäuscht worden sein. — Und dann diese alte Frau hier, hieße es nicht, sie durch die Seefahrt einer großen Gefahr aussetzen? Obgleich sie immer egoistisch und boshaft gewesen ist, werde ich doch meine Pflicht gegen sie bis zum Ende erfüllen.«

Nach einigen Minuten Ueberlegung fuhr er fort:

»Ich will vor allen Dingen den Urheber der beleidigenden Briefe, dieser beschimpfenden Anschläge kennen lernen. Das Verlangen, an ihm Rache zu nehmen, beherrscht bei mir alle anderen Gedanken. — Laßt hören, meine

Töchter, habt Ihr Niemand im Verdacht bezüglich dieser Nichtswürdigkeiten?"

Kretle und Julie machten ein verneinendes Zeichen.

"Schmidt, dem die Schrift aller Leute des Landes bekannt ist, erkennt keine; einer der Anschläge schien ihm jedoch von der Hand des Taugenichts Stephan Duclet zu sein, des Sohnes und ersten Schreibers unseres Gerichtsnotars; er wagt aber nicht, es bestimmt zu behaupten. Was mich betrifft, so gestehe ich, wenn es sein muß, daß ich gewisse Personen des Thales von Molsheim stark in Verdacht habe."

In dem Thale von Molsheim lag die Fabrik des Herrn Lovendal. Die beiden Schwestern antworteten nicht. Reder sah eine nach der andern an.

"Meine Töchter," fragte er mit erzwungener Kälte, "sollte Eine von Euch die Schrift des Herrn Albert Lovendal kennen?"

Kretle und Julie erbebten, indem sie diesen Namen hörten, aber sie bewahrten das Schweigen.

"Ich frage Euch, ob ehemals oder seit kurzer Zeit nicht vielleicht Eine von Euch einen Brief oder auch nur ein einfaches Billet von Herrn Albert Lovendal empfangen hat? — An Dich richte ich mich zunächst, Julie, und ich weiß, daß Du niemals gelogen hast."

Julie zeigte einige Verlegenheit; bald jedoch überwand sie ihr Zögern und entgegnete offen:

"Ich hätte Dir diesen Umstand verbergen wollen, Vater, denn Du hast genug andere Sorgen; aber da Du mich fragst, werde ich Dir mit voller Aufrichtigkeit antworten: Ja, ich habe vor etwa vierzehn Tagen ein Billet von Herrn Albert Lovendal erhalten.«

»Ist es möglich?« rief Kretle ungestüm. »Und was wollte er?«

»Er bat mich um einen Augenblick der Unterredung zu einer Stunde und an einem Orte, die mir zusagen würden. — Das unvermuthete Vorurtheil meines Vaters, sagte er, gestattete ihm nicht, auf den Pachthof zu kommen.«

»Und was hast Du gethan, Schwester?« fragte Kretle sehr aufgeregt; »bist Du denn zu dem Rendezvous gegangen?«

»Ich habe das Billet zerrissen, ohne darauf zu antworten.«

»Gut, meine Tochter,« sagte der Pächter. »Indeß hättest Du mich benachrichtigen sollen. — Und Du, Kretle, hast Du niemals Briefe von dem schönen Jungfernknecht erhalten?«.

»Ja, Vater, es sind weniger als acht Tage her, seit er mir ein Billet schrieb, welches ungefähr dieselben Ausdrücke enthielt, wie das an meine Schwester.«

»Du auch?« rief Julie unwillkürlich.

Kretle sah sie mit dem Ausdrucke des Staunens und der Besorgniß an; Julie schlug die Augen zu Boden.

»Vortrefflich!« rief der Pächter wüthend. »Da die Aelteste ihn zurückgewiesen hatte, wendete er sich an die Jüngste.« Und was hast Du ihm geantwortet, Kretle?«

»Ich habe den Brief verbrannt, Vater.«

Julie konnte ein Zeichen der Befriedigung nicht unterdrücken.

»Kein Zweifel mehr,« rief Reber. »Er ist der Schrei=
ber dieser merkwürdigen Anschläge. Wüthend über eure
Verachtung, hat er sich dadurch gerächt, daß er Euch be=
schimpft. Man hat ihn mehrmals gesehen, wie er das Haus
umschlich, und ich wette — Aber, beim Teufel, ich will
auch an die Reihe kommen.«

Er stand heftig auf.

»Vater,« sagte Julie mit Wärme, »wie kannst Du
das glauben? Er, der junge kenntnißreiche und wohlerzo=
gene Mann, sollte solcher Gemeinheit fähig sein? Könnte
er so sein begangenes Unrecht gut machen? Du täuschest
Dich, Vater, Du täuschest Dich; davon bin ich überzeugt!«

»Wie Du ihn vertheidigst, Schwester!« seufzte Kretle.

»Ich bin nur gerecht gegen ihn. Ich kann gewissen
Betheuerungen, die sein Brief enthielt, nicht glauben; aber
es widerstrebt mir, bis zum Beweise des Gegentheils ihn
solcher Unwürdigkeiten zu beschuldigen. Und dann, Kretle,
verdanken wir es nicht ihm, daß wir das Glück genießen,
Dich noch zu besitzen?«

»Ich werde ihm für diesen Dienst niemals dankbar
sein,« sagte Kretle mit dumpfer Stimme; »aber Du,
Schwester, Du beurtheilst ihn seiner Vergehungen unge=
achtet sehr nachsichtig.«

»Was willst Du damit sagen? Ich verachte ihn, wäh=
rend Du vielleicht —«

»Ich? Ich hasse ihn!«

Sie fielen einander weinend in die Arme.

Reber besaß zwar wenig Erfahrung in Sachen des
Gefühles, aber er hatte einen Instinct von dem, was in
dem Herzen seiner Töchter vorging.

Die Hölle vernichte diesen Menschen!« murmelte er.

Während Julie und Kretle sich noch umschlungen hielten, sagte er dann laut:

»Ganz entschieden, meine Kinder, haben wir Grund, dies verwünschte Land so bald als möglich zu verlassen; für Euch wie für mich ist die Reise nothwendig geworden. Einstweilen gehe ich aus, aber ich werde nicht lange abwesend bleiben; wenn Hermann auf den Pachthof kommt, sagt ihm, daß ich ihn noch heute zu sprechen wünsche.«

Er nahm aus einer Ecke den eisenbeschlagenen Stock, auf den er sich bei seinen Wanderungen stützte. Die beiden jungen Mädchen folgten mit den Augen jeder seiner Bewegungen.

»Vater,« sagte Julie, »Du gehst nach Molsheim und man sollte glauben, Du hegtest gegen Jemand Rachegedanken!«

»Ich! nein, ich versichere es Dir.«

»Meine Schwester hat Recht,« fügte Kretle hinzu. »Ich fürchte deinen Zorn zu sehr, um ihn nicht an gewissen Zeichen zu erkennen. Du hast irgend eine finstere Absicht gefaßt.«

»Ihr seid Närrinnen, laßt mich. Ich gehe in meinen Geschäften aus und komme bald zurück. Hält man mich denn für ein kleines Kind? Bin ich etwa nicht mein eigener Herr?«

Er knöpfte seinen Rock zu, zog den Hut über die Augen herab und verließ den Pachthof. Nach seiner Entfernung beendeten die beiden Schwestern schweigend ihre Arbeit. Jede schien die Blicke der Andern zu vermeiden, als scheute sie sich, ihren Argwohn und ihre Besorgniß gegen

zu laſſen. Die Großmutter, welche der gefürchtete Ton von
der Stimme des Pächters während des vorerwähnten Ge=
ſpräches an ihren Armſeſſel gefeſſelt hatte, wurde wieder
thätig und unruhig, ſobald die Ruhe in ihrem Zimmer her=
geſtellt war. Da ſie ihrer unwandelbaren Gewohnheit nach
ihr Tiſchchen umwarf, und eines der Mädchen ſich beeilte,
es aufzuheben, fragte die Alte mit verwundertem Tone:

„Wer iſt denn da? Iſt Jemand bei mir?“

„Wir ſind es, Großmutter,“ antwortete Julie zer=
ſtreut. „Wir, Ihre Enkelinnen.“

„Meine Enkelinnen?“ wiederholte die Alte. „Habe ich
denn in meinem Alter Enkelinnen? Sonſt hatte ich nur
eine Tochter, welche Magdalene hieß, glaube ich. Wo iſt
denn die?“

„Sie war unſere Mutter; wir haben ſie ſchon vor
langer Zeit verloren; ſie war ſanft und gut und jeden Tag
empfinden wir ihren Verluſt grauſamer.“

Die beiden Schweſtern wurden durch dieſe Erinnerung
gerührt, doch Madame Dietrich, deren Herz übrigens ſtets
ſehr kalt geweſen war, ſchien eifrig damit beſchäftigt zu
ſein, das flüchtige Licht in der Nacht ihres Gedächtniſſes zu
verfolgen.

„Vielleicht habt Ihr Recht,“ ſagte ſie endlich; „Mag=
dalene hatte ſich gegen meinen Willen verheiratet — eine
Mißheirat! Sie hatte einen groben Pächter geheiratet,
deſſen gemeines Weſen mich empörte.“

„So ſprechen Sie von unſerem Vater?“ rief Kretle
heftig. „Unſere Mutter bereuete es nie, ihn geheiratet zu
haben, denn er hat ſie ſehr glücklich gemacht. Wagen Sie
ſelbſt es, Großmutter, ſich über ihn zu beklagen? Er iſt

barsch und jähzornig, das gebe ich zu; aber was würde ohne ihn aus Ihnen geworden sein, als Sie, ich weiß nicht wie, Ihr Vermögen verloren hatten? er nahm Sie in sein Haus auf; er umgab Sie mit dem ganzen Wohlstande, an den Sie ehemals gewöhnt waren, und Sie hatten sich gleichwohl in der ersten Zeit nach seiner Heirat geweigert, ihn nur zu sehen. Ungeachtet des Mißgeschickes, das ihn traf, haben Sie bisher nie Entbehrungen oder Mangel zu ertragen gehabt; wir Alle lassen es uns angelegen sein, Ihnen Dienste zu leisten.«

Julie gab ihrer Schwester ein Zeichen, wie um ihr die Nutzlosigkeit begreiflich zu machen, welche diese Vorwürfe bei einer Frau haben mußten, die in kindischen Zustand verfallen war; aber die Alte murmelte kopfschüttelnd unverständliche Worte. Endlich sagte sie mit deutlicher Stimme:

»Ich, arm! Ich den Andern zur Last fallen? Das ist nicht wahr! — Ich bin reich, sehr reich; aber ich will nicht, daß diese Bauernfamilie mich meines Gutes beraube; ich will nicht, daß es mir an dem Nothwendigsten mangeln soll, wenn ich alt werde.«

Kretle blinzelte mit den Augen.

»Ei, Großmutter,« sagte sie, »Sie machen sich über uns lustig, wenn Sie behaupten, daß Sie reich sind; denn unglücklicherweise sind Sie es nicht. Sie waren es ehemals, das weiß ich, und Sie haben, wie man sagt, zur Zeit des Großvaters ein glänzendes Leben geführt; aber es ist schon lange her, daß Ihre Verschwendung Sie zu Grunde gerichtet hat.«

„Das — das ist nicht wahr; ich sage Dir, daß ich reich bin."

„Wo haben Sie denn Ihren Reichthum? Jedenfalls befindet er sich nicht in der Brieftasche, die Sie von einem Versteck in den anderen bringen, seitdem man sie in dem Mauerloche entdeckte. — Da, sehen Sie, hier ist sie!" sagte Kretle, indem sie den erwähnten Gegenstand hinter dem Kopfkissen ihrer Großmutter hervorzog. „Ihr Inhalt ist nicht eine Prise Tabak werth."

Madame Dietrich ergriff begierig die Brieftasche. Ihr Auge glotzte in diesem Moment wie in einem seltenen Aufblitzen des Verstandes. Sie öffnete die Brieftasche und untersuchte die darin enthaltenen Papiere.

„Man hat mich bestohlen!" sagte sie heftig.

Bald aber schien sie von einer unbestimmten Erinnerung ergriffen zu werden; sie legte mehrmals die Hand an die Stirne, wie um der Arbeit ihres Gedächtnisses zu Hilfe zu kommen.

„Ja, ja; ich besinne mich!" murmelte sie endlich. „Es war eine List. Ich wollte den geizigen Bauern, die mich meines Gutes beraubt hätten, einen Streich spielen. — Es unterhielt mich, sie anzuführen. — Ich hatte die Banknoten herausgenommen, um sie zu meinem Golde zu legen."

„Zu Ihrem Golde?" rief Kretle, „Ei, Großmama, das sagen Sie nur, um zu scherzen; Sie haben weder Gold noch Silber."

„Ich habe Gold, sage ich Dir. Ich habe auch Schmucksachen und Diamanten. — Zur Zeit meines Mannes und noch als ich eine junge Witwe war, überhäufte man mich mit Geschenken. Ich habe Alles aufgehoben und es war in einem mit Kupfer ausgelegten Eichenkästchen enthalten, das ich mit meinem Gepäck herbrachte; ich glaube gewiß zu sein, daß ich die Banknoten zu all' dem Uebrigen legte.«

»Das Kästchen habe ich ehemals gesehen,« flüsterte Kretle ihrer Schwester zu. »Großmama hatte es in das schwarze Cabinet eingeschlossen, dem sie Niemand nahe= kommen ließ. Julie, Du wirst unsern Vater oft die Ver= muthung haben aussprechen hören, daß Großmama Die= trich nicht ihr ganzes Vermögen in Thorheiten verschwen= det hätte, wie man es sagte. Diese Vermuthung bestätigt sich nun. Sie hat einen verborgenen Schatz.«

Julie schien selbst nicht sehr entfernt zu sein, diese Meinung zu theilen; indeß antwortete sie:

»Wenn die Großmama wirklich einen solchen Schatz besäße, würde sie uns dann nicht zu Hilfe gekommen sein, als sie unsere Noth und Thränen sah? Ich fürchte, das Alles sind nur die Träumereien eines gestörten Geistes.«

»Dieses Kästchen ist kein Traum; es war vorhanden und Du hast es eben so sehen können, wie ich. Was ist dar= aus geworden? Dies so bald als möglich zu erfahren, ist von der größten Wichtigkeit. — Großmama,« fuhr sie fort, »Sie müssen sehr schöne Sachen in dem Kästchen ha= ben und ich möchte sie wohl einmal sehen. — Ohne Zweifel ist es noch in dem schwarzen Cabinet?«

»Nein, nein! Ich habe es anderwärts hingebracht. — Die Andern hätten es aller meiner List ungeachtet doch zuletzt gefunden.«

»Wer sind denn die Andern?«

»Die, welche mich berauben, mir mein Gut nehmen wollen.«

»Ich danke; — Sie haben es also in irgend einem Winkel des Hauses verborgen?«

»Nicht in dem Hause; sie hätten es zu leicht gefunden und lieber wollte ich es auf den Grund des Meeres werfen, als es ihnen geben.«

»Großen Dank,« wiederholte Kretle.

Die beiden Schwestern hegten beinahe keinen Zweifel mehr über das Vorhandensein beträchtlichen Werthes, welchen diese Megäre irgendwo vergraben hatte; aber man mußte diesen Augenblick halber Klarheit des Verstandes benutzen, um ihr das Geheimniß zu entreißen, denn vielleicht bot sich eine solche Gelegenheit nie wieder.

»Madame Dietrich,« sagte Kretle plötzlich nach einer Pause. »Sie haben beschlossen, sich in der nächsten Nacht Ihres Kästchens zu bemächtigen, so wie alles dessen, was es enthält. — Sie könnten sich nicht mehr verheiraten, wenn sich eine Partie bietet, denn Sie würden kein Geld und keinen Schmuck mehr haben. — Beeilen Sie sich daher, das Kästchen an einen andern Ort zu schaffen; meine Schwester und ich, wir sind bereit, Ihnen bei der Arbeit zu helfen.«

»Sie wollen es mir rauben, sagst Du?« entgegnete die Alte entsetzt. »Man muß den Commissär, die Gendarmen benachrichtigen.«

»Ach, vor deren Ankunft würde man Ihnen schon Alles genommen haben. Das Sicherste ist jedenfalls, das Kästchen an einen andern Ort zu bringen. — Wo ist es?«

Madame Dietrich schien ihr Gedächtniß zu befragen.

»Ich — ich weiß es nicht,« entgegnete sie. indem sie sich vor die Stirn schlug.

»Aber Sie wissen es!«

»Ich besinne mich nicht mehr darauf. — Ach, mein Kopf! Mein armer Kopf!«

Die Angst der Alten war nicht erheuchelt und Kretle glaubte die Arbeit ihres Gedächtnisses erleichtern zu müssen, statt weiter in sie zu dringen.

»Haben Sie es auf dem Hofe versteckt?« fragte sie. »Oder in dem Garten?«

»Nein, nein! Es ist weiter; auf einem Felde, wohin ich spazieren ging — als ich noch gehen konnte. Es waren da ein Eichenwald, übereinandergehäufte Felsen und dann ein Bach, mit Weiden an dem Ufer. — Ich würde den Ort erkennen, wenn ich ihn sähe.«

Ein Eichenwald, Felsen, Weiden, an einem Bache,« sagte Kretle leise zu ihrer Schwester; »das ist die Vieh=weide hinter dem Hause. zwei Schritt weit von hier. Ich erinnere mich in der That. daß Großmutter in der ersten Zeit ihres Aufenthaltes auf dem Pachthofe gern dort hin ging. — Julie, das wird ernsthaft; Mama Dietrich sagt diesmal die Wahrheit; ihre Bewegungen, ihr Blick, der Ton ihrer Stimme verkünden eine Klarheit des Verstan=des. wie ich sie seit langer Zeit nicht bemerkt habe; wir müssen uns beeilen. daraus Vortheil zu ziehen, denn dieser Strahl der Vernunft kann jeden Augenblick wieder erlöschen.«

Julie machte ein bejahendes Zeichen.

»Nun gut denn, Großmama, so gehen wir,« sagte Kretle, indem sie entschlossen aufstand. »Ich kenne die

Stelle, von welcher Sie sprechen; wir müssen uns beeilen, Ihre Cassette an einen sichern Ort zu bringen.«

»Ja, ja, gehen wir! — Ach, die Schurken, die Ungeheuer! Ich dachte wohl, daß sie sich früher oder später meines Geldes werden bemächtigen wollen! Aber ich werde feiner sein wie sie; sie sollen es doch nicht haben!«

Sie ging allein auf die Thür zu; aber gleich bei den ersten Schritten versagten die Beine ihr den Dienst. Ihre Enkelinnen sprangen hinzu, sie zu stützen, und jede von ihnen faßte die Wankende unter einem Arm. Alle Drei durchschritten den Ofensaal und wollten eben über die Schwelle treten, als Philipp, der Knecht des Pachthofes, ihnen den Weg versperrte. Er kam von draußen und sah sehr verstört aus.

»Sie können nicht so ausgehen, Fräulein,« sagte er in seinem lothringischen Dialekt, »und noch dazu mit der alten Großmutter!«

»Was sagen Sie denn da, Philipp?« fragte Kretle verdrießlich, »lassen Sie uns vorbei; wir gehen nicht weit und es handelt sich um eine wichtige Angelegenheit.«

Dann wendete sie sich zu der Alten.

»Beeilen wir uns, Großmama,« sagte sie auf französisch, »wir möchten sonst zu spät kommen.«

Aber Philipp rührte sich nicht von der Stelle.

»Sie dürfen nicht fort, Fräulein Kretle,« sagte er. »Alle Leute des Ortes sind auf den Beinen wegen der Neuigkeit, die sich so eben verbreitet hat, und wenn man Ihnen in diesem Augenblicke begegnete —«

»Welche Neuigkeit?« fragte Julie.

»Ei, was kömmt darauf an,« rief die jüngere Schwe-

ster und stampfte mit dem Fuße. „Philipp wird uns das
später erzählen."

„Indeß ist es doch gut, Schwester, zu wissen — mit
zwei Worten, Philipp, um was handelt es sich?"

„Was, Sie wissen noch nichts? Freilich, wer hätte
es Ihnen sagen sollen, da erst vor einer Viertelstunde ein
Fabrikarbeiter von Molsheim im vollen Laufe den Bewoh-
nern des Ortes die Nachricht brachte, welche sie gegen die
ganze Familie aufgeregt hat? Als ich erfuhr, um was es
sich handelt, überließ ich meinen Pflug mit den beiden
Pferden der Obhut Gottes und lief her, um Sie zu vertheidigen, wenn es nöthig ist. Ich werde die Thür ver-
barrikadiren, und wenn sie kommen, werde ich sie empfangen, wie mein Großvater die Preußen auf dem Pachthofe von la Roquette empfing — mit dem Dreschflegel!"

„Aber, Philipp, Sie sagen uns ja nicht —"

„Ja, richtig; die Sache ist, daß Ihr Vater, unser
Herr, dem Andern auf der Seite von Molsheim begegnet
ist und ihn durch einen Schlag mit seinem Stocke getödtet hat."

Die beiden Schwestern erblaßten; sie ließen zu gleicher
Zeit die Arme der Großmutter los, welche durch die ihr unbekannte Stimme erschreckt wurde, und sich beeilte, in ihr
Zimmer zurückzukehren, ohne weiter an das zu denken, was
sie noch den Augenblick zuvor so lebhaft beunruhigte. Die
jungen Mädchen bemerkten ihre Entfernung nicht einmal.

„Wie, Philipp!" stammelte Julie; „Sie halten meinen Vater eines Todtschlages für fähig?"

„Wen hat er getödtet?" fragte Kretle hastig.

»Pardieu! den Andern — Sie wissen wohl den, wel=
cher — kurz, das ist wohlgethan!«

»Den Namen — sagen Sie uns, den Namen?«

»Pah? Sie errathen ihn nicht? Es ist der schöne
Modenarr, Herr Albert Lovendal, der es wohl verdient
hat, denke ich.«

Es ertönte ein Doppelschrei.

»Ihn!« murmelte Julie. »Armer Albert!«

»Julie, Julie!« rief ihre Schwester, »Du beklagst
ihn? — Du liebst ihn also?«

»Ja! Jetzt kann ich es gestehen!«

»Dann ist Alles gut,« entgegnete Kretle mit dumpfem
Tone, »denn wir liebten ihn Beide!«

Achtes Capitel.

Die Fabrik in Molsheim.

Als Reber den Pachthof verließ, verfolgte er einen
bergigen Pfad, welcher das Thal des Joches von dem Thale
von Molsheim trennte. Er ging raschen Schrittes vor=
wärts, während er von seinen zahlreichen Beschwerden über
Albert Lovendal träumte, und je mehr er daran dachte, um
so mehr steigerte sich sein Zorn, wie das bei solchen Gelegen=
heiten immer zu gehen pflegt. Gleichgiltig gegen die Steilheit
und die Beschwerden des Weges, erreichte er so den Gipfel
eines Berges, der das Thal von Molsheim überragte, und
plötzlich erblickte er unter sich die prachtvolle Fabrik, deren
alleiniger Besitzer Albert einst werden sollte. Dieser Anblick

wäre wohl fähig gewesen, seine gehässigen Gedanken einen Moment abzulenken. Das Thal von Molsheim, weiter als das Jochthal, hatte viel Aehnlichkeit mit dem berühmten Münsterthale, von dem es nicht weit entfernt lag. Gleich diesem war es besäet mit Meierhöfen, Fabriken und Dörfern. Berge von verschiedener Höhe schlossen es auf allen Seiten ein. Gegen Westen waren es die zahllosen Spitzen der Vogesen, die einen rund wie die Ballons, deren Namen man ihnen gegeben hatte, die anderen gekrönt mit ebenen Kuppen, auf denen im Sommer die Kühe der Käsemacher weideten, alle aber grün, entweder in der dunklen Färbung der Fichten oder in dem heitern Grün des Grases. Auf der entgegengesetzten Seite verflachten sich die Berge bis zu Hügeln. Ueber den Köpfen derselben gewahrte man in der Ferne einen bläulichen Dunst, eine gewaltige Ebene, eingefaßt mit einer Art von silbernem Bande, jenseits dessen sich noch majestätischere Gipfel erhoben, als die der Vogesen. Man konnte glauben, jene Wolkenmauern zu erblicken, welche zuweilen den Horizont bei dem Untergange der Sonne begrenzen, und an dem Himmel ihre stolzen Säume abzeichnen. Diese Ebene war das pflanzenreiche Elsaß; jenes Silberband war der Rhein; jene Wolkenmauer waren die Ketten des Schwarzwaldes und der Schweizeralpen. Das Alles, gesehen bei einem prachtvollen Wetter, während die ganze Natur in den heitern Farben des Frühlings glänzte, würde einem Dichter Rufe der Bewunderung entlockt haben. Die Fabrik lag am Fuße eben des Berges, den Reber erstiegen hatte. Sie unterschied sich von den andern in dem Thale zerstreuten Wohnungen durch die Größe und die Ausdehnung ihrer Gebäude. Aus der Mitte ihrer Masse

erhob sich eine riesige Esse in Gestalt einer Säule, welche
unablässig Wolken dichten schwarzen Rauches ausspie, während aus anderen kleineren Essen dann und wann zischend
weiße Dämpfe aufstiegen, die sogleich verschwunden waren
Großes Leben herrschte rings um die Fabrik. Es war
die Mittagsstunde und die zahlreichen Arbeiter des Herrn
Lovendal verbreiteten sich in der Nachbarschaft wie Ameisen.
Ungeachtet der Entfernung glaubte man das lustige
Summen ihrer Stimmen zu hören, während zugleich
der dumpfe Ton von dem Kreischen der Maschinen,
dem Drehen der Räder, dem Sieden der Kessel in
einzelnen Zwischenräumen aus der Ebene emporstieg. Der
Anblick dieses industriellen Gedeihens schien die Gereiztheit
des Pächters auf den höchsten Gipfel zu steigern, denn
dieses Gedeihen schien mit seinem eigenen Elend zu contra-
stiren. Reber blieb daher auch nicht lange stehen, um dies
schöne Etablissement des Herrn Lovendal zu betrachten; er
stieg hastig den Berg hinab, sei es, daß er lästigen Gedanken entrinnen wollte, sei es, daß er Eile hatte,
irgend einen geheimen Plan zur Ausführung zu bringen,
und bald befand er sich bei der Fabrik. In seinem Laufe
wäre er beinahe an einen Menschen angerannt, der ihm
entgegenkam und aus der Fabrik zu kommen schien. Ein
Ausruf der Ueberraschung machte, daß er den Kopf um-
wendete; der Angerannte war kein Anderer als der Mäkler,
der Auswanderungs-Agent, wie man ihn nannte.

„Sie hier, Herr Hermann?“ sagte der Pächter, indem er stehen blieb. „Meiner Treu, ich erwartete nicht, Sie
in Molsheim zu sehen, da Sie zu unseren Freunden gehören.“

„Ja, was wollen Sie, Herr Reber?“ antwortete

Hermann mit einiger Verlegenheit; „die Geschäfte haben
zu befehlen. Wenn ich es sagen muß, so sind hier viele
Arbeiter, die daran denken, nach Amerika auszuwandern,
und ich war gekommen, um mich mit ihnen zu verständigen. Aber Ihre Anwesenheit in Molsheim ist nicht eben
so leicht zu erklären, mein lieber Reber, und in Erwägung
der Umstände wäre es klug von Ihnen gewesen, sich hier
nicht zu zeigen."

„Je nachdem, Hermann; Jeder hat seine Ansichten,
wie Sie wissen. Ich wünsche mit Jemand aus der Fabrik
zu sprechen, und — wahrhaftig — ich werde das thun."

„Wie Sie wollen, Herr Reber, aber Sie scheinen mir
ziemlich schlecht dazu geeignet zu sein, mit kaltem Blute zu
sprechen. Es wäre besser, Sie kehrten mit mir nach dem
Joche zurück, und während des Weges würde ich Sie vielleicht von der Nothwendigkeit überzeugen, dies Land so
bald als möglich zu verlassen."

„Ich bin davon schon vollkommen überzeugt, mein
Junge, und trotz gewisser Zweifel bin ich entschlossen, mich
noch heute mit Ihnen zu verständigen. Wir werden uns
dazu wieder sehen. Einstweilen habe ich hier eine alte Angelegenheit zu ordnen."

„Es wäre klüger, die Vergangenheit zu vergessen,
Reber, und wenn Sie mir folgen —"

„Genug, Hermann; das ist meine Sache. Auf baldi-
ges Wiedersehen!"

„Herr Reber, ich beschwöre Sie —'

Aber der Pächter hörte ihn nicht mehr und ging mit
raschen Schritten auf die Fabrik zu.

„Er wird irgend eine Dummheit begehen," murmelte

Hermann, »und in diesem Falle könnte seine Abreise bis in das Unendliche hinausgeschoben werden; er muß indeß gleichwohl so bald als möglich fort. Aber es können sich keine ernsten Zwistigkeiten in diesem Hause zutragen, in welchem so viele Arbeiter und Diener sind. Er wird sich damit begnügen, wie gewöhnlich, viel zu schreien, denn er ist ein gewaltiger Schreier, der gute Mann! Wo läßt denn auch übrigens das Uebel, wenn er den Stolz dieses Herrn Albert ein wenig demüthigte?«

Und ruhig setzte er seinen Weg gegen das Jochthal fort. Reber schien ein Gegenstand böswilliger Aufmerksamkeit für die zu sein, welche ihm begegneten. Indem man ihn bemerkte, stieß man mit dem Ellenbogen an; man flüsterte mit einander, und man änderte die Richtung des Weges, um ihn besser zu beobachten. Bald folgte ihm eine Anzahl Arbeiter in einiger Entfernung; das Flüstern wurde lauter, gemischt mit einem Gelächter, welches nichts Gutes bedeutete. Der Pächter hatte große Lust, mit seinem Stocke über die Gruppe herzufallen, aber er überwand diese Versuchung. Es erschien indeß ein Augenblick, in welchem die Geduld ihm beinahe ausgegangen wäre. Mehrere von denen, welche ihm folgten, fingen an zu singen; anfangs schüchtern, dann lauter und lauter sangen sie das Spottlied, welches kürzlich auf seine Tochter gedichtet worden war. Er blieb nicht stehen, aber er schleuderte den Sängern einen so fürchterlichen Blick zu, daß die Meisten es nicht wagten die angefangene Note auszusingen, und daß der Chor vollständig mißglückte, so daß er selbst die Ohren eines Dilettanten zerreißen mußte. Reber erreichte einen geräumigen Hof, an welchem die Wohnung des Herrn Lovendal lag.

Die Arbeiter begleiteten ihn dorthin, aber aus Achtung für den Ort endeten sie plötzlich den Gesang, und sahen voll Neugier auf den Besucher. Reber ging rasch auf den Flügel zu, den der Fabriksdirector bewohnte, als eine Art Portier mit widerwärtigem Gesicht aus seiner Loge trat, die neben der Eingangsthür lag, und mit sehr derbem Tone fragte:

»Ei, Freund, wo zum Teufel gehen Sie denn so hin?«

»Ich will mit Herrn Albert Lovendal sprechen.«

»Mit Herrn Albert?« entgegnete der Thürhüter, indem er ihn mit einem Inquisitorblicke maß; »und was wollen Sie von ihm?«

»Das werde ich ihm selbst sagen.«

Einer der anwesenden Arbeiter flüsterte einige Worte in das Ohr des Cerberus, und dieser nahm plötzlich eine zurückhaltende Miene an.

»Es ist gut,« sagte er; »warten Sie hier. Ich will sehen, ob Herr Albert in der Fabrik ist und ob er Sie sprechen kann.«

Zugleich betrat er das Gebäude, welches neben der Herrenwohnung lag. Allein auf dem Hofe zurückgeblieben, stützte der Pächter sich stolz auf seinen Stock und sah mit einem herausfordernden Blicke die Arbeiter an, die ihn umstanden — aber in einiger Entfernung. Keiner von ihnen wagte es sich zu nähern; sie glichen bissigen Spitzen, welche eine knurrende Bulldogge umkreiseten. Einer von ihnen wollte den unterbrochenen Gesang wieder anstimmen, aber eine Bewegung Reber's hemmte auf's Neue diese musikalische Neigung. Sie rächten sich dafür durch lauteres Geflüster und bemerklicheres Lachen, so daß der Pächter

seine Geduld vollständig erschöpft fühlte, als der Portier
zurückkam. Dieser Mensch hatte jetzt ein sehr unterwürfiges
Wesen; er grüßte Reber höflich und bat ihn, ihm zu folgen; dann wendete er sich zu den Arbeitern und sagte mit
strengem Tone:

»Geht an eure Arbeit, Ihr Faulenzer! Die Glocke
wird gleich läuten und Ihr solltet schon in eure Werkstätten zurückgekehrt sein, statt hier Maulaffen feil zu
haben.«

Die Arbeiter entfernten sich, aber nicht ohne halblaut
ziemlich unverschämte Bemerkungen über die Ansprüche zu
machen, welche der »Papa Reber« hatte, in der Fabrik
von Molsheim gut empfangen zu werden. Diese Umstände
waren wohl geeignet, den Zorn des Pächters zu erhalten;
sein Kopf stand daher auch ganz in Feuer, als sein Füh-
rer, nachdem er ihn durch geräumige Bureaux geleitet hatte,
ihm die Thür eines Arbeitszimmers öffnete, welches groß
und sehr bequem möblirt war. Reber wollte seinem lange
unterdrückten Zorne endlich freien Lauf lassen, aber man
urtheile über seine Ueberraschung! Er befand sich nicht vor
Albert, sondern vor Herrn Lovendal dem Vater, dem
Leiter und Eigenthümer der Fabrik! Diese wichtige Person war ein Mann von einigen sechzig Jahren, mager, von
schwacher, kränklicher Constitution, mit erloschenem, schläf-
rigem Auge. Er war ganz schwarz gekleidet und ein Käppchen von schwarzem Sammt, welches seinen kahlen Schädel
bedeckte, hob die gelbliche Blässe seiner Gesichtsfarbe noch
mehr hervor. Dieses gebrechlichen Aussehens ungeachtet
galt Herr Lovendal dafür, einen eisernen Willen zu haben,
und die, welche in nähere Berührung mit ihm gekommen

waren, hatten ihn stets unbeugsam in seinen Bestimmungen
gefunden. Urtheilte man nach der Langsamkeit seiner Be=
wegungen, nach der Schwäche seiner Stimme, nach dem
kurzen trockenen Husten, der von Zeit zu Zeit seine Worte
unterbrach, so hätte man ihn einer wirklichen Energie für
unfähig halten müssen; aber die ältesten Arbeiter seiner Fa=
brik hatten den Herrn derselben stets in dem gleichen Gesund=
heitszustande gesehen. Dieser Mann, der jeden Augenblick in
Begriff zu sein schien, die Seele auszuhauchen, stand seit zwan=
zig Jahren um vier Uhr Morgens auf, und reichte allein hin,
um mit aufreibender Thätigkeit sein Etablissement zu füh=
ren. Man konnte daher auch mit Grund glauben, daß sein
kränkliches Wesen, welches übrigens sehr natürlich war,
absichtlich übertrieben würde und für den gewandten Fa=
brikanten zu »einem Mittel der Herrschaft« wurde. Herr
Lovendal erhob sich rasch aus dem großen Lederarmsessel,
den er gewöhnlich einnahm, wenn er seinen Beamten oder
seinen Arbeitern Audienz ertheilte, und er begrüßte Reber
mit einem freundlichen Lächeln. Doch der Pächter äußerte
nur Ueberraschung und Unwillen.

»Man hat sich getäuscht!« rief er aus. »An was
dachte denn der Dummkopf von Thürsteher, daß er mich
hierherführte? Nicht mit Ihnen habe ich zu thun, mein
Herr, sondern mit Ihrem Sohn.«

Der Fabrikherr zeigte sich durch diese barsche Aeuße=
rung nicht verletzt. »Hm! Hm! Das ist kein Unglück, hoffe
ich,« entgegnete er, noch immer lächelnd. »Albert ist für
den Augenblick nicht zu Hause, und ich empfange in seiner
Abwesenheit seine Freunde. Setzen Sie sich, Herr Reber;
Sie werden mir sagen, was Sie ihm zu sagen haben.«

„Das ist nicht dieselbe Sache; was ich zu sagen habe, kann ich nur ihm sagen. Da er nicht zu Hause ist, werde ich draußen auf ihn warten oder ich komme wieder."

Er entfernte sich schon; Herr Lovendal hielt ihn zurück:

„Wenn Sie ihn erwarten wollen, so thun Sie dies hier; ich leiste Ihnen Gesellschaft, und wir plaudern miteinander. Wenn ich es gestehen muß, Herr Reber, so argwöhne ich ein wenig die Veranlassung Ihres Besuches."

„Sie?"

„Ich bin mehr als der Vater Alberts; ich bin sein Freund, und er hat keine Geheimnisse vor mir. Setzen Sie sich also, mein Lieber, und Sie werden mich ganz geneigt finden, Sie mit Nachsicht und Theilnahme anzuhören."

Reber setzte sich maschinenmäßig; nachdem Herr Lovendal die Thür verschlossen hatte, um nicht gestört zu werden, kehrte er auf seinen Platz zurück. Es entstand ein Augenblick des Schweigens. Der Fabrikherr beobachtete hustend den Besucher, der verlegen den Kopf abwendete.

„Herr Reber," sagte Lovendal endlich, „ich werde gerade auf das Ziel losgehen, denn ich errathe Ihre Gefühle. Mein Sohn hat sich gegen Ihre Familie Unrecht zu Schulden kommen lassen, ich gestehe selbst, er hat sich betragen wie —"

„Wie ein Ungeheuer!" rief Reber losbrechend.

„Ein Ungeheuer! Können Sie so von dem armen Albert sprechen? Seien Sie vernünftig, mein Freund; die Benennung leichtsinniger Mensch ist schon stark genug, und ich behaupte, daß er sich nur leichtsinnig, unbesonnen gezeigt hat.«

Das Eis war gebrochen und Reber hielt sich nicht mehr.

»So, so, das nennen Sie Leichtsinn, Unbesonnenheit? Es ist ein Verbrechen, Herr, ein schamloses, verabscheuungswürdiges Verbrechen, ohne alle Entschuldigung! Es handelt sich nicht um eine Verführung, sondern um ein Attentat, um einen Mißbrauch der Gewalt gegen ein armes, ohnmächtiges Kind; und um die Nichtswürdigkeit vollständig zu machen, versucht man das Verderben und die Schande meiner ältesten Tochter, nachdem man das Verderben und die Schande der jüngsten herbeigeführt hat. Doch beim Teufel, ich werde das nicht dulden.«

Der Pächter erhob laut die Stimme und stieß mit seinem Stocke auf den Fußboden.

»Ich bitte, sprechen Sie nicht so laut,« entgegnete Herr Lovendal. »Man könnte Sie in den Bureaux hören. Ueberdies,« fügte er mit mattem Tone hinzu, »bin ich krank und das geringste Geräusch greift mich grausam an. Ich bitte Sie daher dringend, Herr Reber, seien Sie ruhig; Sie haben stets für einen rechtschaffenen Mann gegolten; Sie müssen gleich mir wünschen, daß diese unglückliche Angelegenheit zu gemeinschaftlicher Zufriedenheit endige.«

Seines Zornes ungeachtet begriff Reber die Weisheit dieser Bemerkungen; er schwieg daher. Nachdem Herr Lovendal einen Augenblick gehustet hatte, nahm er von seinem Tische ein Porzellangefäß, trank einige Schluck von dem Inhalt desselben und sprach langsam, als ob jedes Wort ihm fürchterliche Leiden verursachte:

»Zunächst, Herr Reber, läugnet mein Sohn ganz entschieden die schändliche Handlung, die Sie ihm vorwerfen, und ich meinestheils halte ihn derselben durchaus unfähig. Aber ich gebe für einen Augenblick zu, der junge Mensch hätte, fortgerissen durch den Ungestüm der Leidenschaft, verlockt durch die Gelegenheit, den Kopf verloren und diesen Fehler begangen, hat er ihn dann nicht vollkommen durch seine Aufopferung in dem Wirbelsee gesühnt?«

»Vielleicht ist sein Herz noch nicht so ganz verdorben, wie es später sein wird; wäre es übrigens nicht auch gemein und verächtlich genug gewesen, ein armes Geschöpf unter= gehen zu sehen, ohne den Versuch zu machen, ihm Hilfe zu bringen?«

»Es gibt in der Welt viele Verführer, welche bei einer solchen Gelegenheit nicht einem beinahe gewissen Tode ge= trotzt hätten. Haben Sie mir nicht gesagt, Herr Reber daß mein Sohn seit jener Zeit mehrmals zu Ihnen gekom= men sei, um mit Ihren Töchtern zu sprechen?«

»Er! Zu mir kommen! Wenn ich ihn getroffen hätte, so würde er, ungeachtet seines scheinbaren Edelmuthes, nicht lebend wieder fortgekommen sein. Nein, er hat es nicht gewagt, den Pachthof zu betreten; aber er hat einzeln un jede meiner Töchter geschrieben und sie um ein Rendez= vous gebeten.«

»Ha! das hat er mir nicht gesagt!« rief der Fa= brikherr lebhaft.

Mit seiner klagenden, melancholischen Stimme fuhr er dann fort: »Dieser Schritt kann sehr leicht zu seinem Vortheil ausgelegt werden. Er wagte es nicht, sich auf dem Pachthofe zu zeigen, weil Sie ihn nach Ihrem eigenen Geständniß sehr schlecht empfangen haben würden; auf der andern Seite aber empfand er das Bedürfniß, sich bei Ihren Töchtern vor der unverdienten Anklage zu rechtfertigen, die auf ihm lastete, und natürlich versuchte er es, zu diesem Zwecke eine Unterredung zu erlangen.«

»Sie haben eine sehr nachsichtige Art, die Dinge anzusehen,« entgegnete Reber; »aber wie wollen Sie das nichtswürdige Betragen Ihres Sohnes seit jenem Ereignisse entschuldigen? Ist er es nicht, der aus Rache für unsere Verachtung gegen uns die Beschimpfungen geschleudert hat, die anonymen Briefe, die schändlichen Maueranschläge, mit denen wir überhäuft wurden, während unser Unglück nur Schonung und Mitleid hätten gebieten sollen? Sangen nicht so eben noch, als ich vorüberkam, Ihre Arbeiter das einfältige Lied, dessen Urheber ich fassen möchte, um ihn unter meinen Füßen zu zertreten? Ja, das Alles geht von hier aus, und wen soll ich dieser Nichtswürdigkeiten anklagen, als Den, welcher über die Canaillen Gewalt hat und diese zum Dienste seiner niedrigen Rachsucht anwendet?«

Der Fabriksherr vergaß sich so weit, daß er mit einem Satze in die Höhe sprang.

»Was das betrifft, nein!« rief er mit voller, kräftiger Stimme. »Er, Albert, sollte zu solchen Mitteln greifen? Das ist falsch, sage ich Ihnen. Albert ist während der letzten Zeit zu niedergeschlagen gewesen, um davon nur Kenntniß zu haben. Er wird freilich von meinen Arbeitern angebetet, und diese mögen sich, ohne sein Wissen, seines Streites angenommen haben. Aber ich wiederhole Ihnen noch einmal, daß er zu einer so unredlichen Handlung unfähig ist; der Beweis ist,« fuhr er mit einiger Anstrengung

fort, „daß er, wie ich fürchte, ungeachtet meiner Vorstel=
lungen eine Ihrer Töchter noch immer liebt."

„Und welche? fragte der Pächter spöttisch. „Man
könnte sich darin leicht irren."

„Ich — ich weiß es nicht," stammelte Herr Loven=
dal; „aber — verzeihen Sie — ich bin leidend, erschöpft;
gestatten Sie mir ein wenig zu athmen."

Er setzte sich und warf sich in seinem Armsessel zurück,
entweder um wirklich zu athmen, oder um darüber nachzu=
denken, welche Wendung er dem Gespräche geben sollte
Bald fuhr er fort, indem er in kleinen Zügen seine Tisane
trank:

„Diese Unterredung strengt mich an, wie Sie sehen,
Herr Reber; ich bitte daher auch, sie abzukürzen und mir
zu sagen, was Sie von meinem Sohne wollten, als Sie
herkamen, um ihn aufzusuchen?"

„Was ich von ihm wollte? Meiner Treu, ich weiß es
nicht recht. — Ihm sein Verbrechen vorwerfen, das ist ge=
wiß, und von ihm irgend eine Genugthuung erlangen."

„Eine Genugthuung? Welche denn! Hätten Sie die
Absicht, meinem Sohne ein Duell vorzuschlagen?"

„Wer Teufel spricht von einem Duell? Dergleichen
ist gut für Stutzer wie Ihr Herr Albert; wir Anderen
machen dabei nicht so viele Umstände. Wenn mich Jemand
beleidigt, so nehme ich meinen Stock und schlage damit so
lange auf meinen Gegner los, bis entweder sein Kopf oder
mein Stock zerbrochen sind; das ist auch nicht übel."

Herr Lovendal machte ein geringschätzendes Gesicht.

„Ganz gut, mein Freund," sagte er; „indeß, wenn
Sie so handeln, tragen Sie doch wohl Sorge dafür, sich

nur an Ihresgleichen zu wenden, denn Sie möchten es bereuen, sich ohne Unterschied Ihren rohen Leidenschaften hin-
gegeben zu haben. — Aber hören Sie,« fuhr er sanfter
fort, »ersparen Sie uns die Vorwürfe und die Drohungen.
Wahrlich, Reber, Ihr Kummer rührt mich und ich beklage,
daß die Besuche meines Sohnes in Ihrem Hause für Ihre
Familie und für Sie selbst eine Ursache der Betrübniß geworden sind. Wenn es daher in meiner Macht läge, Ihnen
eine Entschädigung anzubieten —«

»Eine Entschädigung? Wie verstehen Sie das, mein
Herr?«

»Sie werden nicht überrascht sein, mich mit Ihren
Angelegenheiten vertraut zu sehen; das ganze Land weiß,
daß Sie zu Grunde gerichtet sind, und Niemand hat das
mehr betrübt, als mich. Wenn daher irgend eine Summe
Ihnen nothwendig wäre, um Ihre Gläubiger zu befriedigen und Ihren Credit herzustellen—«

Reber stand heftig auf.

»Geld!« rief er unwillig. »Sie wagen es, mir Geld
zu bieten? O, daran erkenne ich die Menschen, welche einen
Thaler an der Stelle des Herzens haben! Für die ist Alles
gesagt, wenn sie ihre Casse öffnen. — Geld! Mein Gott,
ich brauche ja nur zu sprechen, man würde eine Rechnung
in aller Ordnung für all das Unrecht eröffnen, über welches
ich mich beklage; so viel für die Entehrung meiner Tochter; so viel für den Koth, den man mir in das Gesicht
wirft; — dann würde man von mir eine Quittung verlangen, und ich wäre nicht mehr berechtigt, die geringste Klage
zu äußern. — Hören Sie, mein Herr,« fügte Reber hinzu,
»ich gehe; denn weder Ihr Fastengesicht noch Ihr Alter,

noch Ihre Schmeichelworte könnten mich abhalten, gewissen Versuchungen zu erliegen. Dieses Gespräch hat daher weder Nutzen noch Zweck; wir verlieren dabei alle Beide unsere Zeit. Ich habe Ihnen nichts zu sagen; Ihnen nicht. — Guten Tag!"

Er ging auf die Thür zu. Herr Lovendal hatte gehofft, daß sein Vorschlag auf eine ganz andere Weise aufgenommen werden würde, und war sehr verwundert über diese Weigerung.

"Einen Augenblick, Reber, einen Augenblick noch, wenn ich bitten darf!" sagte er, indem er ebenfalls rasch aufstand. "Können wir uns denn nicht als gute Freunde trennen? Wie ich Ihnen sagte, nehme ich den lebhaftesten Antheil an Ihrem Schicksal und dem Ihrer reizenden Töchter. — Nun wohl, so bestimmen Sie selbst die Genugthuung, zu der Sie berechtigt zu sein glauben, und wenn Ihre Bedingungen nicht zu unvernünftig sind —"

"Und welche andere Genugthuung kann man von einem Verführer fordern, als daß er das unglückliche Kind heiratet, welches er entehrt hat?"

Lovendal zuckte die Achseln.

"Oho! Steht es so, mein Lieber?" sagte er voll Geringschätzung. "Mein Sohn heiraten. — Nun, Sie haben Recht; wir werden uns nimmermehr verständigen, und es ist daher besser, daß wir uns gleich jetzt trennen. — Leben Sie also wohl, Herr Reber!"

Der Pächter fühlte sich verletzt durch den geringschätzenden Ton des Fabrikherrn.

"Worin erschiene Ihnen denn eine solche Heirat so unpassend? Ist der Unterschied so groß zwischen der Tochter eines rechtschaffenen Landmannes und dem Sohne eines Fabrikanten gedruckter Stoffe?«

»Lassen wir das. Wären die Geburt und das Vermögen unserer Kinder auch gleich, so hätte mein Sohn wenigstens das Recht, von seiner Frau eine reine, fleckenlose Vergangenheit zu fordern.«

»Wie, mein Herr, wagen Sie es, diesem unschuldigen Geschöpfe einen Vorwurf —«

»Schweigen Sie und gehen Sie,« sagte der Fabrikherr, indem seine Hand eine Klingelschnur erfaßte, die über seinem Tische herabhing; »eine Besprechung ist jetzt zwischen uns nutzlos; ersparen Sie mir daher den Kummer, Sie hinauswerfen zu lassen.«

Reber knirschte mit den Zähnen, und er war nahe daran, über Herrn Lovendal herzufallen; ein Gefühl des Mitleids mäßigte seine Heftigkeit.

»Pah!« murmelte er vor sich hin. »Er hat nur noch einen Hauch des Lebens, und ich würde ihn mit einem Nasenstüber umwerfen. Das wäre eine Feigheit. Er möge zum Teufel fahren! Der Andere soll mir das Alles bezahlen.«

Er ging. Kaum hatte er das Zimmer verlassen, als der Fabrikherr einen wüthenden Klingelzug that; zwei Bureaudiener traten ein.

»Folget diesem Menschen,« sagte er hastig, »und sorget dafür, daß in der Fabrik Niemand mit ihm spricht. Niemand — hört Ihr wohl?«

Die Leute folgten Reber in einiger Entfernung; Lovendal selbst eilte an ein Fenster, das auf den innern Hof ging, schob den Vorhang zurück, und sah den Pächter sich entfernen. Der Hof war jetzt verödet; der Ton der Glocke

hatte die Arbeiter in ihre verschiedenen Werkstätten geru=
fen. Diese Einsamkeit schien nicht nach dem Geschmacke Re=
ber's zu sein. In diesem Augenblicke der Aufregung würde
es ihn nicht verdrossen haben, eine Gelegenheit zu finden,
seine üble Laune auszulassen. Er ging mit hocherhobenem
Kopfe und pfeifend. Als er vor der Loge des Portiers
vorüberkam, schwang er seinen Stock wie ein Tambour=
Major; da aber der Portier es nicht für passend hielt,
diese Prahlerei zu bemerken, verfolgte Reber seinen Weg
und durchschritt die Ausgangsthür der Fabrik. Herr Lo=
vendal stieß einen Seufzer der Erleichterung aus.

„Endlich ist er fort," murmelte er. „Albert, der auf
seinem Zimmer arbeiten muß, konnte ihm hier begegnen
und das hätte einen sehr unangenehmen Auftritt gegeben.
Dieses Unglück ist jetzt vermieden! Aber ich werde dennoch
eher keine Ruhe finden, als bis dieser grobe, rohe Mensch
und seine beiden hübschen Töchter die Gegend verlassen ha=
ben, um nie wieder hieher zurückzukehren. -- Die Sache
geht sehr langsam vorwärts! Woran denkt denn dieser
Hermann, daß er das Geschäft mit solcher Nachlässigkeit
betreibt? Und was bedeutet das System der Verfolgung,
das er ersonnen hat, um diese Familie dahin zu bringen,
daß sie wegzieht? Aus dem Allen folgere ich nichts Gutes.
Welch' ein Unglück, gezwungen zu sein, zu solchen Gehilfen
und zu solchen Mitteln seine Zuflucht zu nehmen! -- Weg=
gerechnet noch, daß vielleicht alle diese schönen Combinatio=
nen zu einer Katastrophe führen!"

Diese Katastrophe war näher, als der reiche Fabri=
kant dachte. Als Reber in einiger Entfernung von der Fa=
brik war, hörte er auf zu pfeifen und verlor sein Klopf=

fechterwefen; fein Geficht ftrahlte die ganze Wuth wieder, welche fein Herz erfüllte; Flüche drangen zwifchen feinen zufammengebiffenen Zähnen hervor.

Bald verbarg ein Vorhang von Bäumen und Gebü=fchen ihm die Fabrik; er verkürzte den Schritt und fing an fich zu beruhigen, als ein neues Ereigniß fein Blut wie=der aufregte. Eine Perfon, die ihn zu erwarten fchien, trat plötzlich hinter einer Hecke hervor. Es war Albert Lo=vendal. Der Sohn des Fabrikherrn war in Hausfchuhen und im Morgenanzuge, denn er war fchnell aus dem Haufe entfchlüpft, um mit Reber diefe geheime Zufammenkunft zu haben. Er trat mit zugleich fchüchternem und herzlichem Wefen auf den Pächter zu.

»Herr Reber,« fagte er, »ich wünfche feit langer Zeit Ihnen zu begegnen, um mit Ihnen eine freundfchaftliche Unterredung zu haben. Das letzte Mal, als wir uns fahen, waren die Umftände nicht günftig zu einer Auseinander=fetzung, und ich mußte mich damit begnügen, gegen die ver=abfcheuenswerthe Handlung zu proteftiren, deren man mich befchuldigte. Heute will ich Ihnen die Beweife meiner Un=fchuld geben und ich habe Sie hier erwartet, um —«

Eine Bewegung des Pächters unterbrach ihn. Als Reber den Verführer feiner Tochter erkannt hatte, war er leichenblaß geworden und fein ganzer Körper zitterte vor Wuth.

»Es ift der Teufel, der Sie mir in den Weg führt!« ftammelte er, indem er krampfhaft feinen Stock faßte. »Hören Sie, reizen Sie mich nicht weiter — gehen Sie, gehen Sie, oder ich bleibe nicht mehr Herr meiner felbft!«

Albert zeigte durchaus keine Furcht.

»Sie haben soeben meinen Vater gesehen,« entgeg=
nete er, »und ohne Zweifel hat er Sie durch irgend ein
beleidigendes Wort verletzt ——«

»Er hat mich fortgejagt. Doch sprechen wir davon
nicht; ein ander Mal, später — ich fühle, daß ich mich
jetzt nicht zügeln könnte. Gehen Sie schnell, oder ich stehe
für nichts!

»Sie werden mich dennoch anhören, Herr Reber.
Ich habe durch Ihre Verachtung zu viel gelitten, um die
Gelegenheit, die sich mir bietet, nicht zu meiner Rechtferti=
gung zu benützen. Da ich Ihnen nicht allein begegnen
konnte, bat ich bescheiden eine Ihrer Töchter um eine Zu=
sammenkunft, in der Hoffnung —«

»Wagen Sie es noch, mich an diesen Umstand zu er=
innern? Sie gestehen also, daß Sie sich stellen, als liebten
Sie die beiden Schwestern, ohne Zweifel, um eine oder die
andere betrügen zu können?«

»Ich liebe nur Julie, und ich habe nie Jemand be=
trogen.«

»Schweigen Sie, heuchlerischer Lügner!«

»Ich liebe nur Julie, sage ich Ihnen, und fühle
jetzt, daß ich sie ungeachtet meines Vaters, ungeachtet der
Welt, ungeachtet meiner selbst bis zu meinem letzten Hauche
lieben werde. Was die unglückliche Kretle betrifft, so
schwöre ich bei Gott — «

»Ha, das ist zu stark! Du willst es also? Da hast
Du es!«

Wahnsinnig vor Zorn erhob der Pächter seinen Stock
und führte einen furchtbaren Schlag auf den Kopf des un=
glücklichen jungen Mannes, der so ganz mit seiner Recht=

fertigung beschäftigt war, daß er nicht daran dachte, dem Streiche auszuweichen. Albert sank leblos auf den Rasen nieder, ohne einen Schrei auszustoßen. Reber selbst stand wie vernichtet da, und starrte auf sein Opfer. In diesem Augenblick ertönte hinter ihm eine befreundete Stimme.

»Fliehen Sie, Herr Reber!« sagte man. »Dies grau- same Ereigniß wird vielen Augen Thränen kosten! Aber bleiben Sie nicht länger hier, fliehen Sie oder Sie werden verhaftet.«

Der Pächter wendete sich maschinenmäßig um. Der Rathgeber war der arme Schmidt, der von den Bergen zu kommen schien.

»Hilf mir,« sagte Reber, der sich verstört über den Verwundeten beugte; »der arme Teufel kann nicht durch einen elenden Stockstreich getödtet sein. — Schnelle Hilfe bringt ihn zum Bewußtsein zurück.«

„Ich fürchte, daß er keiner Hilfe mehr bedarf,« ent- gegnete Schmidt trübe; »aber sorgen Sie nicht um ihn! — Sehen Sie dort hin!«

Mehrere Personen waren von dem äußersten Ende des Weges her, auf der Seite nach der Fabrik, Zeugen der Katastrophe gewesen, wie man nach ihrem Geschrei und ihren verzweiflungsvollen Geberden vermuthen mußte. Sie eilten mit aller Hast zu dem Schauplatze des Mordes.

„Es ist keine Minute zu verlieren,« drängte Schmidt. »Die verhängnißvolle Nachricht wird sich in der Fabrik verbreiten; die Arbeiter sind schon gegen Sie aufgebracht, und Herr Lovendal wird den Mörder seines einzigen Soh- nes nicht schonen. — Denken Sie nur an sich selbst; kom- men Sie; kommen Sie! Es ist Zeit!«

In der That waren die Leute aus der Fabrik jetzt nur noch fünfzig Schritte entfernt, und ihre feindliche Haltung ließ keine Zweifel über ihre Absichten in Beziehung auf den Mörder. Reber gab daher den Bitten Schmidt's nach, und Beide schlugen die Richtung nach den Bergen ein, von denen sie zum Glück nicht weit entfernt waren. Die Umstände gestatteten keine fortgesetzte Unterhaltung. Indeß theilte Schmidt seinem Begleiter mit, daß er auf dem Wege, einem seiner Schüler Unterricht zu ertheilen, Hermann begegnet wäre und von demselben den Besuch Reber's in Molsheim erfahren hätte. Einer Art von Instinct gehorchend, war der Schulmeister bis zu diesem Orte gegangen, um sich zu überzeugen, ob er seinem Freunde nicht vielleicht nützlich sein könnte, und er war eben zu rechter Zeit gekommen, um den jungen Lovendal fallen zu sehen. Bald erreichten sie den Berg; er war mit Wald bedeckt und schien eine sichere Zuflucht zu bieten. Die Fliehenden blieben stehen, um Athem zu schöpfen; dann wendeten sie sich um und warfen einen Blick auf die Ebene. Alles war rings um die Fabrik her Unordnung und Verwirrung. Wie Schmidt es vorausgesehen, hatte der Allarm sich mit Blitzesschnelligkeit in dem Hause verbreitet; die Arbeiten waren unterbrochen; die Arbeiter stürmten tumultuarisch heraus. Bald sah man eine Gruppe, welche mit großer Sorgfalt den leblosen Albert auf ihren Armen trug; der arme Vater folgte, durch den Schmerz niedergebeugt, und ging nur mühsam, gestützt auf den Arm eines vertrauten Dieners. Dies finstere Bild entriß Schmidt und selbst Reber Thränen; aber andere Umstände zogen ihre Aufmerksamkeit davon ab. Die Arbeiter schienen in einem gewaltig

aufgeregten Zustande zu sein, und aus ihrem Benehmen
konnte man schließen, daß sie Anstalten trafen, auf den
Mörder Jagd zu machen. Der Pächter war wie vernichtet, aber Schmidt bemerkte die drohenden Anstalten
sehr deutlich.

»Wir dürfen hier nicht kalt werden, Herr Reber,«
sagte er lebhaft. »Die Schelme scheinen Lust zu haben,
uns den Weg abzuschneiden, und es sind ihrer wenigstens
hundert. Wenn Sie das Unglück hätten, ihnen in diesem
ersten Augenblicke in die Hände zu fallen, dann mag Gott
wissen, was Ihnen geschähe!«

»Was kümmert das mich! Sie können mich tödten,
denn ich habe es verdient! — Der arme junge Mann!
Mein ganzes Leben lang werde ich das bleiche, blutige
Gesicht sehen, wie er eben zu meinen Füßen dalag!«

»Das war ein unglücklicher, ein sehr unglücklicher
Schlag, Herr Reber; indeß geben Sie sich nicht selbst auf;
denken Sie an Ihre Töchter, an Ihre Freunde; denken
Sie auch an mich, denn diese Menschen würden mich wahrscheinlich wegen des Beistandes, den ich Ihnen geleistet
habe, auch nicht schonen. — Sehen Sie! Es scheint wirklich, als wollten sie uns umzingeln!«

Schmidt hatte Recht. Die Arbeiter hatten sich so ver-
theilt, daß sie eine lange Linie bildeten; ihre Absicht war
offenbar, die Höhe zu umgehen und dann den Pächter und
dessen Begleiter in einen sich immer verengenden Kreis
einzuschließen.

»Sollte man nicht glauben, eine Meute wüthender
Hunde zu sehen, die ein wildes Thier verfolgen?« sagte
der Pächter mit finsterer Stimme; »aber lassen Sie uns

gehen, mein guter Schmidt, denn so strafbar ich auch bin, möchte ich doch nicht in die Hände dieser Menschen fallen. Zum Glück brauchen wir nicht über eine halbe Stunde, um nach dem Joche zu gelangen.«

»Es handelt sich nicht darum, den gebahnten Weg zu verfolgen und das Jochthal zu erreichen, mein armer Reber; diese Arbeiter werden nicht leicht auf ihre Verfolgung verzichten, und sie wären im Stande, den Pachthof zu belagern, um den Tod ihres jungen Herrn zu rächen. Ueberdies würden Sie noch nicht zehn Minuten zu Haus sein, und Sie sähen die Gendarmen kommen. — Ich werde eine sichere Zufluchtsstätte für Sie finden; kommen Sie!«

»Wo führst Du mich denn hin, Schmidt?«

»Dort oben, nach dem grünen Ballon, nach der Sennhütte des Käsemachers Burgwillers; weder die Gendarmen noch die Fabrikarbeiter von Molsheim werden es versuchen, Sie dort aufzuspüren.«

»Ich überlasse mich Dir; ich weiß nicht mehr, wo ich bin, noch was ich will. — Mein Gott, war denn unsere Last der Schande und des Elends noch nicht groß genug?«

Indem er so sprach, hatte er schon den gebahnten Weg verlassen, und versuchte es, eine Art von Schlucht zu durchschreiten, welche den Berg von der Hauptkette des Gebirges trennte. Als sie über eine offene Stelle kamen, wurden sie von der Ebene aus bemerkt. Sogleich erhob sich drohendes Geschrei; man schwang die Stöcke und raffte Steine auf, um nach ihnen zu werfen. Mehrere Arbeiter, die durch den Anblick der Flüchtlinge zu neuem Eifer angefeuert wurden, liefen geradeaus, um sie zu erreichen, während die Anderen den Fuß des Felsens umgingen.

»Sie sehen es,« sagte Schmidt, »selbst wenn wir nach dem Flecken zurück wollten, könnten wir es jetzt nicht mehr, denn alle Zugänge sind bewacht. Wir haben keine Hilfe, als so schnell wie möglich den grünen Ballon zu erreichen; folgen Sie meinem Beispiele.«

Er setzte sich auf die Absätze und ließ sich in die Tiefe der Schlucht hinabgleiten, über die sie fort mußten. Reber, der weniger leicht war, führte, so gut es ging, dasselbe Manöver aus. Anfangs betäubt durch die schwindelnde Schnelligkeit, standen sie endlich auf und blickten umher. Nach allen Seiten zeigten sich auf den Felsen Menschen, welche fortfuhren, sie mit Schmähungen zu überhäufen. Uebrigens ließ die Verfolgung nicht nach und die beiden Flüchtlinge erreichten den unzugänglichen Theil des Gebirges, noch immer zitternd, in die Gewalt ihrer erbitterten Feinde zu fallen.

Ende des ersten Theiles.

Druck und Papier von Leopold Sommer in Wien.